선생님과 함께 읽는

순이 삼촌

물음표로 찾아가는 한국단편소설 25

선생님과
함께 읽는

순이 삼촌

전국국어교사모임 지음 ㅣ 민은정 그림

Humanist

'물음표로 찾아가는 한국단편소설' 시리즈를 펴내며

문학 교육은 아이들이 꿈을 꾸게 하기 위해 필요합니다. 그러나 요즘의 문학 교육은 참고서와 문제집을 통해서만 이루어지고 있습니다. 그래서 문학 수업은 엉뚱한 상상도 발랄한 질문도 없는 밍밍하고 지루한 시간이 되어버렸습니다. 상상의 여지가 사라지고 질문이 없는 수업은 아이들을 질리게 하고 문학을 말라 죽게 합니다. 그렇다면 어떻게 해야 문학 교육을 살릴 수 있을까요?

　무엇보다 학생들이 스스로 생각을 열어 질문을 만들 수 있게 해야 합니다. 매우 상식적인 일이지만, 우리 교육 환경에서는 잘 이루어지기가 어렵습니다. 그래서 전국국어교사모임은 학생들이 스스로 생각을 열고 엉뚱한 상상과 발랄한 질문을 할 수 있는 마중물을 붓기로 했습니다. 이는 말라버린 문학뿐 아니라 아이들의 메마른 마음에도 물을 붓는 일이 될 것입니다.

교과서에 실린 의미 있는 작품을 골랐습니다　중·고등학교 국어 교과서나 문학 교과서에 실린 단편소설 가운데 오랫동안 많은 사람들에게 널리 읽힌 작품을 골랐습니다. 교과서에 실렸다는 것은 중·고등학생들에게 유용한 작품이라는 것이고, 오래 널리 읽혔다는 것은 재미나 감동, 그리고 생각거리 면에서 어느 하나는 사람들의 마음에 들었음을 뜻하기 때문입니다.

전국의 학생들에게 물었습니다　전국에 있는 수많은 학생에게 소설을 읽혀보고, 그들이 궁금해하는 것을 모았습니다. 그러고 나서 의미 있는 질문거리들을 일정한 방식으로 배열했습니다.

현직 국어 선생님들이 물음에 답했습니다　전국의 국어 선생님 100여 분이 다양한 책과 논문을 살펴본 다음 질문에 대한 답을 했습니다. 이런 과정을 통해 보다 보편적인 작품의 의미에 접근하고자 했습니다.

교육과정과의 연관성을 고려했습니다　수업 현장에서 또는 학생 스스로 이용할 수 있도록 했습니다. '깊게 읽기'에서는 인물, 사건, 배경, 주제 등 작품과 직접 관련되는 내용을 다루었으며, '넓게 읽기'에서는 작가, 시대상, 독자 이야기 등을 살펴볼 수 있도록 했습니다.

　'물음표로 찾아가는 한국단편소설' 시리즈는 다양하고 깊이 있는 생각을 이끌어낼 수 있는 소설 감상의 안내서 구실을 할 것입니다. 또한 작품에 대한 해석과 이해의 차원을 넘어서 문화적·사회적·역사적 정보를 폭넓고 다양하게 제시함으로써 문학 감상 능력을 향상시켜 줄 뿐만 아니라, 문학과 가까워질 수 있는 기회를 제공해 줄 것입니다.

전국국어교사모임

머리말

'순이 삼촌'이라는 제목만 보면 가까운 친척의 이야기일 듯한데, 현기영은 1978년에 이 작품을 발표하고 나서 정보기관에 끌려가 모진 고문을 당했어요. 소설의 소재가 '제주 4·3 사건'이기 때문이었지요.

사람들이 관광지로만 알고 있는 제주도. 멋진 경치를 뽐내는 국내 최고의 관광지에서 수많은 인명 피해가 발생한 매우 비극적인 사건이 벌어졌어요. 그 사건이 '제주 4·3 사건'이에요.

이승만 정부를 무너뜨렸던 1960년 4·19 혁명 전까지, '제주 4·3 사건'은 소련이나 북한 또는 남로당에 의해 조종당한 공산 반란이나 폭동으로 여겨졌어요. 그래서 군인과 경찰에 의해 죽임을 당한 자는 모두 무장 유격대원이거나 그 동조자라는 것에 대해 반론을 제기할 수 없었지요. 4·19 혁명으로 잠깐 진상 규명의 바람이 부는 듯했으나, 박정희가 5·16 군사 쿠데타로 정권을 잡은 이후 20여 년간 '제주 4·3 사건'에 대해 공식적으로 발설하는 것은 금기였어요.

작가는 이런 사회적 분위기 속에서 1978년 '제주 4·3 사건'을 소재로 소설을 발표했어요. '말할 수 없다, 말해서는 안 된다.'라는 금기를 깨버린 것이었죠. 그 대가가 고문이었고요.

우리나라 현대사에서 한국전쟁 다음으로 인명 피해가 많았던 비극적 사건이 '제주 4·3 사건'이에요. 4·3 사건은 한국전쟁이 발발하기 이전에 시작되었고, 1954년 9월에야 공식적으로 끝이 났어요. 그 기간

6

동안 2만 5000명에서 3만 명으로 추정되는 사람들이 희생되었어요. 하나의 사건으로 정말 어마어마하게 많은 사람이 죽어간 것이지요. 아예 사람들이 살던 마을 자체가 사라져 버리기도 했고요. 그러나 어떻게, 무엇 때문에 죽어갔고 사라졌는지를 말할 수 없었어요.

왜 작가는 금기를 깰 수밖에 없었을까요? '제주 4·3 사건'이 도대체 무엇일까요? 소설 속에서는 무슨 사건을 어떻게 그렸을까요? '순이 삼촌'은 누구일까요? 왜 많은 사람이 영문도 모른 채 죽어갔을까요? 왜 그때의 일 때문에 수많은 사람이 아직까지도 고통을 당해야 할까요?

이러한 물음에 답을 얻고 싶으면 작품 속에 등장하는 인물들의 이야기를 잘 들어보세요. 그들이 하는 말에 귀를 기울여 주세요. 가슴은 먹먹해 오지만 이 의문들이 조금씩 풀리기 시작할 거예요.

제주국어교사모임

차례

넓게 읽기 **작품 밖 세상 들여다보기**

순이 삼촌

〈순이 삼촌〉은 제목처럼 순이 삼촌에 관한 이야기예요. 순이 삼촌은 제주도에서 나고 자라며 일제강점기, 8·15 광복, 한국전쟁과 그 후 죽기 전까지 여러 일을 겪습니다. 이런 순이 삼촌의 일생에 가장 큰 영향을 주었던 것이 바로 '제주 4·3 사건'입니다.

과거 우리나라는 일제강점기를 벗어나 해방을 맞고 새 정부를 수립해요. 그런데 얼마 지나지 않아 한국전쟁이 일어나죠. 이런 일련의 과정에서 제주도에서는 '제주 4·3 사건'이 일어납니다. '제주 4·3 사건'은 제주도 전역에 걸쳐 일어났던 매우 비극적인 사건으로, 이 소설은 그 사건을 배경으로 하여 어느 서촌 마을에서 일어났던 일을 보여줍니다.

순이 삼촌은 그 마을에 살았는데, 함께 살던 동네 사람들이 떼죽음을 당하고 살던 집들과 가축들마저 공권력에 의해 불태워졌던 그날의 일을 겪고도 살아남았습니다. 그러나 수많은 죽음을 직접 겪은 탓에 결국 엄청난 후유증을 얻게 되지요.

이 작품 속 화자인 '나'는 일곱 살 어린 시절에 그날의 그 사건 현장에 있었고 다행스럽게도 살아남았어요. 이제는 어른이 되어 서울에 살고 있지요.

'나'는 할아버지 제삿날에 부름을 받고 휴가를 내어 제주도로 갑니다. 제삿날이면 일가친척이 모이고, 자연스럽게 30년 전 그날의 이야기를 하게 되지요. 그런데 제삿날이면 언제나 볼 수 있었던 순이 삼촌이 안 보입니다.

서울에서 '나'와 거의 1년이나 함께 지냈던 순이 삼촌은 제주로 돌아오고 나서 한 달도 채 못 되어 자신이 일구던 밭에서 스스로 죽음을 맞이했습니다. 순이 삼촌은 왜 죽음을 택한 것인지, 30년 전 그날 무슨 일이 있었는지, 〈순이 삼촌〉 속으로 들어가 볼까요?

1. 8년 만에 고향을 찾은 '나'

'나'는 음력 섣달 열여드레인 할아버지 제삿날에 맞춰 이틀간의 휴가를 받고 고향으로 향합니다. '나'는 할머니가 돌아가시고 나서 8년 동안 한 번도 고향에 내려가지 않았어요. '나'는 큰아버지나 사촌 길수 형이 자신을 못마땅해하고 있을 거라고 생각하지요. 일본에 있는 '나'의 아버지가 제사 때마다 고향으로 돈을 보내고 있지만, 그렇다고 제사에 참석하지 못했던 '나'의 잘못이 없어지는 것은 아니니까요. '나'는 가족 묘지 문제를 상의하는 일 때문에 이번에는 꼭 내려오라는 큰아버지의 편지를 받고 고향을 찾지 않을 수 없었습니다.

8년이라는 긴 시간 동안 고향을 찾지 않았지만, 김포공항에서 제주도까지 가는 데는 50분밖에 걸리지 않았어요. 귀가 먹먹해지는가 싶더니 눈을 떠보니 제주공항이었지요. '나'는 고향에 가는 것이 아니라 고향이 갑자기 찾아온 것 같은 기분이 들었습니다.

'나'에게 고향은 깊은 우울증과 찌든 가난으로 기억되는 곳이에요. 겨울에 하늬바람이 몰아쳐 귤 농사도 안 되는 서촌(西村)이 '나'의 고향입니다. '나'의 기억 속에 그곳은 늘 '죽은 마을'이었어요. 30년 전, 군대의 소개 작전에 따라 불에 타 잿더미만 남은 모습이 '나'가 기억하는 고향의 이미지니까요. 그래서 '나'에게 고향은 늘 멀리하고 싶은 곳이었습니다.

비행기에서 내려 올려다본 제주의 하늘은 구름에 덮여 음울한 분위기였고, 한라산 정상에도 구름이 잔뜩 몰려 있었습니다. 어린 시절에 보던 낮게 깔린 그 음울한 구름 같았어요. 날이 흐려 돌담마저 더 검고 딱딱해 보였고, 한라산 목장 지대에 덮인 눈의 빛깔도 침침해 보였습니다.

'나'는 음울했던 어린 시절 그 고향의 겨울로 돌아온 것입니다.

서촌을 경유하는 시외버스 속에서 할머니와 버스 기사가 주고받는 사투리를 듣자 '나'의 입가에도 사투리가 맴돌기 시작합니다. 달리는 버스 창밖으로 그물로 덮은 초가지붕, 잿빛 바다, 코지, 돌빌레, 테왁, 불턱 등이 눈에 들어오자 '나'의 추억 깊은 곳에 스며 있던 고향 풍물과 사투리가 머릿속을 가득 채웠지요.

오늘 제사를 지내야 하는 곳은 두 곳입니다. 큰당숙 댁에서 종조할머니 제사를 지내고 다시 큰댁에 모여서 할아버지 제사를 지내야 하지요. '나'는 찾아뵈어야 할 친척 어른들이 모두 참석하니, 일일이 찾아다니며 인사드리지 않아도 되어 좋다고 생각합니다.

제사에 참석한 '나'는 자기보다 한 살 많은 사촌 길수 형이 가장 반가웠습니다. 그리고 부쩍 늙어버린 친척들의 얼굴을 보며 8년이라는 세월을 실감하지요. '나'는 그동안 고향을 찾지 않은 것에 대한 어른들의 책망을 들은 뒤, 서울 큰 회사의 부장이라는 기대감에 맞게, 아내 몰래 마련한 돈 봉투를 고루 나눠드립니다.

고모부는 평안도 출신인데, '서북 청년'으로 제주도에 온 지 30년이 넘었습니다. 지금은 도청 주사로 꽤 큰 밀감밭도 가지고 있고, 돈 봉투를 내미는 '나'를 화끈거리게 할 만큼 제주도 사투리를 잘 구사하는 제주도 사람이 되었습니다.

2. 순이 삼촌의 죽음

시골 어른들은 대개 일찍 잠자리에 들기 마련이지만, 이날은 8년 만에 고향을 찾은 '나'를 맞아 자정까지 이야기꽃을 피워요. 가족 장지 매입 등 이런저런 이야기를 나누다 '나'는 문득 순이 삼촌을 떠올립니다. 촌수는 멀지만 기제사를 챙길 만큼 가깝게 지내던 분이고, 길수 형과 '나'가 어려서부터 삼촌이라 부르며 따르던 분인데, 오늘은 보이지 않는 게 이상했지요. 또 순이 삼촌은 1년쯤 '나'의 집에서 밥을 해주는 일을 하다가 두 달 전에 내려왔기 때문에 어떻게 지내는지 궁금하기도 했습니다.

'나'가 길수 형에게 순이 삼촌의 안부를 묻자 주변 사람들이 흠칫하며 조용해지고 길수 형도 난처한 표정을 짓습니다. 큰아버지도 '나'의 눈을 피하고 침묵만 흐를 뿐이었지요. '나'는 사람들 반응에 이상함을 느끼며 '스물여섯에 혼자되어 30년 넘게 수절해 오던 순이 삼촌이 개가라도 한 건가?'라고 생각해요. 하지만 잠시 뒤 큰아버지가 '나'를 돌아보며 며칠 전에 순이 삼촌이 죽었다는 사실을 알려줍니다. '나'는 믿을 수 없어 어안이 벙벙할 따름이었지요.

그 일을 모르고 있었던 고모부가 왜 자기한테 알려주지 않았냐고 따져 묻습니다. 큰아버지는 담배만 피워댈 뿐 입을 열지 않다가 한참 만에 '나'를 바라보며 '내일 서울 가기 전에 문상이나 하고 가라'는 말을 건네요. 그리고 뒤어어 큰아버지가 들려준 이야기는 대강 이랬습니다.

순이 삼촌이 언제 집을 나갔는지, 언제 돌아가셨는지 아무도 모른다. 딸을 시집보내고 나서 혼자 살았기 때문에 이웃에서도 어떻게 지내는지 잘 알지 못했다. 며칠 동안 문이 닫혀 있어서 딸 집에 갔을 거라고 생각했다. 하지만 딸 집에 가더라도 자고 오는 일은 없었기에, 보름 넘게 보이지 않자 불길한 생각이 들었다. 그래서 딸 집에 연락했고, 딸과 사위가 와서 이곳저곳 찾아다녔다. 신경쇠약 때문에 몇 달 머물러 지냈던 절에도 가보고, 물질하러 갔다가 사고가 났나 싶어 바닷가 바위틈도 뒤졌지만 찾지 못했다.

그러다가 결국 국민학교 근처 도로변의 밭에서 발견되었는데, 죽은 지 20일은 넘은 듯했다. 그 밭이 후미지고 밭담이 둘러 있는 데다가 옷도 밤색이어서 그동안 사람들 눈에 띄지 않은 것이다. 순이 삼촌은 그렇게 밤색 두루마기에 토끼털 목도리를 두르고 누워 있었고 머리맡에는 먹다 남은 알약이 흩어져 있었는데, 그게 8일 전의 일이다.

'나'는 큰아버지 얘기를 듣고 나서 멍해집니다. 왜 쉰여섯 나이에 스스로 목숨을 끊었을까? 왜 자신이 평생 일구던 밭에서 죽었을까? 왜 유서 한 장 남기지 않았을까? '나'는 순이 삼촌이 죽은 뚜렷

한 이유를 찾을 수 없어, 큰아버지 말대로 신경쇠약이 원인일 거라고 짐작할 뿐이지요. 그러면서 신경쇠약이 갑자기 악화된 계기가 있을 거라고 생각해요. 그러다 혹시 자신의 집에서 있었던 일 때문에 그렇게 된 것은 아닐까 하는 가책을 느끼기도 합니다.

3. 순이 삼촌의 서울살이

의상실을 운영하는 '나'의 아내는 일이 바빠서 집에서 밥해 줄 사람이 필요했어요. 재작년에 밥하는 사람들이 자주 바뀌었고 나중에는 구할 수조차 없어서, '나'는 길수 형에게 편지를 써서 사람을 구했지요. 그래서 순이 삼촌이 서울 구경도 할 겸 '나'의 집에 오게 된 것입니다.

그런데 순이 삼촌이 오고 나서 열흘이 안 되어 문제가 생겼어요. 순이 삼촌이 '나'에게, 동네 사람들에게 자신이 '밥 많이 먹는 제주도 할머니'라고 소문났다며 섭섭해하지요. 누가 그런 말을 했는지 말해달라고 했지만 순이 삼촌은 답을 하지 않습니다. 다섯 살짜리 민기가 그런 말을 했을 리가 없다고 생각한 '나'는 아내를 의심해요. 그래서 저녁 늦게 돌아온 아내와 말다툼하게 되고, 아내는 억울해하며 결혼 이후 처음으로 눈물까지 흘립니다.

그 뒤로 '나'는 '밥을 좀 많이 먹는 것, 누구나 건져내 버리는 배춧국의 멸치를 먹는 것, 잘 통하지 않는 사투리를 쓰는 것'이 흉이 될 수 없다고 생각합니다. 그렇게 '나'는 막연하게 기피했던 고향에 대한 생각이 바뀌게 되죠. 순이 삼촌으로 인해 다시 고향을 떠올리며, 서울말만 써왔던 자기 자신이 가식적이었고 원치 않는 생활을 해왔음을 알게 됩니다. 그래서 '나'는 아들 민기에게 자신의 고향 사투리를 가르쳐주며 자식마저 고향을 외면하게 할 수 없다고 생각합니다.

순이 삼촌은 그 일로 마음이 상했는지 어두운 표정으로 말없이 지내요. 그러던 어느 날 회사 일로 늦게 퇴근한 '나'는 아내와 순이 삼촌이 다투는 모습을 보게 됩니다. 순이 삼촌은 쌀이 떨어져 사 와야 한다는 했고, 이 말에 아내가 "쌀이 벌써 떨어졌어요?"라고 물었는데, 순이 삼촌은 자신이 너무 많이 먹거나 쌀을 어디로 빼돌렸다는 뉘앙스로 받아들여 빚어진 사건이었습니다.

그날 '나'와 아내는 오해를 풀려고 애를 썼지만 소용이 없었어요. 그 뒤로 아내는 순이 삼촌 앞에서 말과 행동을 조심했습니다. 그런데 순이 삼촌은 밥을 지을 때 솥에 눌어붙지 않게 하려고 된밥을 짓는가 하면, 밥상에 오른 생선이 부서진 것을 보고 자신이 뜯어 먹었다고 오해할까 봐 석쇠를 들고 와서 굽는 걸 보여주기까지 하는 강박증을 보입니다. 또 사진을 찍어주면 사진값을 내겠다고 하고, 토마토 주스를 같이 마시자고 해도 식모는 그런 고급은 먹으면 안 되는 거라고 하면서 퉁명스럽게 거절해 버리지요.

결국 '나'는 순이 삼촌의 모습에 질려버려요. 오해가 풀리기를 바랐지만 그렇게 되지도 않았습니다. 그동안 순이 삼촌의 딸에게서 편지가 두 번 왔는데, 외손자가 할머니를 찾으니 어서 오라는 내용이었어요. '나'는 순이 삼촌이 곧 내려갔으면 하는 마음이 들었지만,

그렇더라도 오해는 풀고 갔으면 했습니다.

그러다 농촌지도원인 순이 삼촌의 사위 장씨가 수원 농촌진흥원에 출장을 왔다가 '나'의 집에 들러요. 사위는 장모가 객지 생활을 하는 것이 안타까워 모셔 갈 생각으로 출장을 온 것이었습니다. 순이 삼촌은 이런 사위의 마음을 알고 있었기에 딸에게 말하지 않고 몰래 서울로 올라왔던 거예요. 하지만 사위가 내려가자고 해도 순이 삼촌은 싫다고 고집을 피웠습니다. '나'의 가족은 오해 때문에 불편을 겪고 있으면서도 계속 있겠다는 순이 삼촌의 마음이 고마웠습니다.

그날 밤 '나'의 권유로 사위 장씨가 하루를 묵게 돼요. 그리고 '나'가 그간의 일들을 말하자 사위는 장모를 두고 가는 게 걱정이라며 순이 삼촌에 대한 이야기를 들려줍니다. 사위는 속삭이는 말로 순이 삼촌이 신경쇠약을 앓고 있으며 환청 증세까지 있다고 말합니다. 사오 년 전 콩 두 말을 훔쳤다는 억울한 누명을 쓰고 난 뒤 갖게 된 병이라는 것이었지요.

어느 날 이웃집에서 멍석 위에 말리던 메주콩 두 말이 없어졌는데, 그 혐의를 평소에 사이가 좋지 않던 순이 삼촌에게 씌워버린 것입니다. 말다툼 끝에 그 집 여자가 파출소에 가서 따지자고 말했는데, 순이 삼촌은 죽으면 죽었지 거기는 못 간다고 주저앉아 버렸어요. 그래서 순이 삼촌은 콩을 훔친 범인으로 소문이 나게 되었지요. 사실 순이 삼촌은 30년 전 마을 소각 때 생긴 정신적 상처 때문에 파출소를 꺼리는 기피증이 있었습니다. 물론 군인이나 순경을 멀리서 봐도 질겁하는 신경쇠약증은 그 이전부터 있던 병이고요.

순이 삼촌은 그 사건 이후 두 달 동안 절에 가서 수양을 했습니다. 하지만 환청 증세 때문에 다른 사람과 한 적이 없는 말을 들었다고 하고, 보지도 않은 흉을 봤다고 하며 따지는 일이 잦았다고 해요. 서울로 올 무렵에는 상군 해녀였던 순이 삼촌이 갑자기 물이 무서워져 물질까지 그만둘 정도였지요.

'나'는 그 말을 듣고 '밥 많이 먹는 식모'라고 흉을 봤다는 것이나 순이 삼촌이 보인 행동들이 이해되었어요. '나'의 아내는 안도의 한숨까지 내쉬었지요. 사위가 돌아간 뒤 순이 삼촌은 석 달 가까이 더 '나'의 집에 머물러요. 그때 '나'는 오해를 풀 수 있을 거라고 기대했지만, 새로운 오해들만 오히려 더 생겨나게 됩니다. 그래서 순이 삼촌은 1년을 채우지 못하고 고향으로 내려왔고, 그러고 나서 한 달이 채 지나지 않아 죽어버린 거예요. '나'는 순이 삼촌의 죽음에 가책을 느끼고, 순이 삼촌의 서울 생활이 편치 않았을 것이라 짐작하고 있을 친척 어른들을 대하기 부끄러웠습니다.

4. 어린 시절, 제사의 추억

머리가 복잡해진 '나'는 벽에 기대어 앉았다가 길수 형 뒤에 눕습니다. 그리고 창문을 두드리는 싸락눈 소리를 들으며 산디쌀('찹쌀'의 방언) 생각에 잠깁니다.

어린 시절 '나'는 제사 때 쌀밥을 먹으려고 길수 형과 함께 새우 잠을 자곤 했어요. 제사상이라고 해봐야 마른 생선, 메밀묵, 고사

리, 무채 정도밖에 올리지 못하던 어려운 시절이었지만, 그래도 밥은 꼭 산디쌀밥이었지요. 자정이 지나면 큰아버지가 '나'와 길수 형을 깨웠는데, 그때마다 동네 이 집 저 집에서 곡성이 울렸고, 개 짖는 소리가 밤하늘에 울려 퍼졌습니다. 이날 제사 지내는 집이 한두 집이 아니었으니까요.

이날 할아버지 제사는 고모의 울음으로 시작됩니다. 그리고 큰어머니, 당숙모로 이어지지요. 음력 섣달 열여드레! 낮에는 돼지 잡는 소리로 시끌벅적하고, 귀신들이 밥 먹으러 오는 한밤중이면 곡소리로 가득했습니다. '나'는 그 곡소리와 제사 시간을 기다리며 어른들이 늘 하던 소각 당시의 이야기가 싫었어요. 너무 끔찍한 이야기였으니까요.

그리고 '나'는 제사를 지내고 나면 날아드는 까마귀들도 싫었습니다. 그게 귀신의 혼령이라거나 저승 차사라는 말 때문에 기분 나빠서라기보다는 '서청(서북청년단)'이 떠올랐기 때문이에요. 까마귀의 윤기 나는 날개 빛깔이 서청 순경들이 입었던 옷 색깔과 비슷하다고 생각한 것이지요. 지붕에 던진 젯밥을 먹으러 왔던 그 까마귀들은 사람이 다가가도, 소리 내며 쫓아도 달아나지 않았습니다.

까마귀들은 시체가 널린 보리밭에 내려앉아 그것을 파먹다가 날아가기도 했어요. 그 당시 일주도로변에 있는 밭들에 시체들이 널려 있어서, 까마귀들뿐만 아니라 개들도 시체를 뜯어 먹거나 토막을 입에 물고 다녔습니다. 시체를 먹고 미쳐버린 개들은 모두 경찰 총에 맞아 죽었지요. 그 많던 까마귀들도 언젠가부터 잘 보이지 않게 되었습니다.

5. 30년 전, 섣달 열여드렛날 이야기

문득 큰당숙과 작은당숙이 순이 삼촌에 대한 대화를 주고받습니다. '나'는 일어나 앉아 그 이야기에 귀를 기울이지요.

순이 삼촌은 예전에 그 밭에서 죽을 뻔했다가 살아났다고 해요. 군인들이 밭에다 사람들을 모아놓고 총으로 쏴 죽였는데, 그때 순이 삼촌만 살아난 것이었지요. 사격 직전에 기절해 쓰러지는 바람에 혼자만 살 수 있었다네요. 깨어나 보니 죽은 사람들이 자기 위에 포개져 있었고, 어쩌면 그때부터 순이 삼촌은 제정신으로 살 수 없었을 거라고 작은당숙이 말합니다. 그리고 순이 삼촌은 사람들 시체가 거름이 된 그 밭과 함께 살아오다 결국 그 밭에서 생을 마감한 것입니다.

'나'는 그 이야기를 들으면서, 어쩌면 순이 삼촌은 30년 전에 이미 그 밭에서 죽었을지도 모른다고 생각합니다.

순이 삼촌 이야기에 이어, 어른들은 어김없이 또 30년 전 이야기를 끄집어내기 시작해요. 세월이 많이 흘러서 이젠 잊을 만도 한데, 어른들은 오히려 잊지 않기 위해서 끊임없이 그때 일을 떠올리는 것 같습니다.

'나'가 일곱 살이던 때 그 사건이 일어났어요. 어머니는 전해에 폐병으로 돌아가시고, 도피자 신세로 숨어 지내던 아버지가 일본으로

밀항해 버리면서 '나'는 큰집에 얹혀살게 됩니다. 졸지에 부모 없는 아이가 되어버린 '나'는 슬픔에 잠겨 지내게 되지요. 그러다가 맞닥뜨린 음력 섣달 열여드렛날 그 사건!

그날은 바람이 많이 불고 추운 날이었어요. '나'는 아침에 길수 형과 거름으로 쓸 해초를 모아놓고, 점심때 집에 돌아와 고구마를 먹고 있었지요. 그때 갑자기 연설 들으러 국민학교 운동장으로 나오라고 외치는 군인들의 소리가 들려옵니다.

'나'는 길수 형과 함께 할머니와 큰아버지를 따라 국민학교로 가요. 먼저 온 동네 아이들이 조회대 밑에 자리 잡고 있는 것을 보고, '나'는 길수 형과 함께 거기로 가 앉습니다. 큰아버지 말로는 그때 운동장에 모인 사람들이 천 명도 넘었을 거라고 해요.

조회대에 한 장교가 올라서더니, 지서 박 주임과 이장 강씨에게 군인 가족을 골라내라고 해요. 조회대 밑에는 지서 순경들과 대동청년단 예닐곱 명, 그리고 무장 군인들이 서 있었지요. 사람들은 그들의 굳은 표정을 보고는 뭔가 불안함을 느끼기 시작합니다.

군인 가족들이 하나둘 앞으로 나왔고, 이장과 순경과 대동청년단은 그들을 심사한 뒤 조회대 뒤에 앉혔어요. 그때 큰아버지도 할머니를 모시고 나갔지요. 직계가족은 아니지만 고모부가 군인이라 다행히 이장이 눈감아 준 것입니다.

그다음은 순경 가족, 이어서 공무원 가족, 마지막으로 대동청년

단과 국민회 간부의 가족이 차례로 나갔어요. 사람들은 뭔가 이상함을 느끼고는 너도나도 어떻게든 구실을 삼아 나가려고 아우성이었습니다.

이때 누군가가 "불이야, 불!"이라고 외치는 소리가 들려요. 불이 난 곳은 바로 '나'가 살던 마을이었지요. 여기저기서 울부짖는 소리가 나고, 사람들이 우르르 학교 담장 쪽으로 몰려갔습니다. 그리고 사람들이 돌담에 매달리자 무게를 못 이기고 담이 무너져 내렸지

요. 무너진 담으로 사람들이 나가려 하자 총소리가 울려 퍼집니다. 군인들은 총을 겨누며 사람들이 못 나가게 막았고, 단상에 있던 장교도 총을 빼 들고서 으름장을 놓습니다.

장교는 사람들을 향해 '지금은 작전 중이고 그 작전대로 마을을 소각하는 것이며, 이제부터 모두 제주읍으로 소개될 것'이라는 말을 이북 사투로 내뱉습니다. 겁먹은 주민들은 제주읍으로 소개될 거라는 말을 믿지 못하는 듯이 군인들의 눈치를 살피지요. 그런데

그것보다 지금 사람들에게 더 중요한 것은 자기 집이 불타고 있다는 사실이었어요. 완전히 넋을 잃고 절망한 사람들은 '소개된다는 것'까지 생각할 겨를이 없었습니다. 매캐한 연기 냄새는 해풍을 타고 더 심하게 밀려오고 불티가 까맣게 뜬 하늘에는 불 아지랑이가 어른거렸으며, 이따금 총소리도 울렸습니다.

군인들의 지시로 사람들이 교문을 향해 늘어서기 시작하자, 별안간 '군인들이 우리 죽이러 데려간다'는 말이 군중 속에서 흘러나와요. 맨 앞에 있던 사람들이 흩어지며 뒤로 몰려가자 단상에 있던 장교가 권총을 휘두르며 '뒤로 물러서는 자는 총살하겠다'고 고래고래 소리를 지릅니다. 사람들은 잠시 주춤했지만 다시 뒷걸음질을 치기 시작해요. 그때 큰아버지는 할머니와 함께 길수 형과 '나'를 큰소리로 부르며 애타게 찾았고, 길수 형과 '나'는 그 소리를 들으면서도 갈팡질팡하는 사람들 틈에서 헤어날 수 없어서 고무신이 벗겨진 채 이리 쏠리고 저리 쏠리며 울고 있었습니다. 둘은 붙잡은 두 손을 놓지 않았는데, 이때 가족을 찾는 사람들의 소리와 군인들이 악을 쓰며 해대는 욕설에 운동장은 그야말로 아수라장이었습니다.

바로 그때 한 발의 총성이 벼락같이 울려요. 사람들은 두려워하며 서편 울타리 쪽으로 몰려갈 수밖에 없었지요. 운동장은 순식간에 조용해졌어요. 그런데 운동장 한곳에 어떤 아낙네가 앞으로 엎어져 있었고, 흰 적삼에는 붉은 피가 가득했습니다. 그 옆에는 젖먹이 아기가 바락바락 악을 쓰며 울고 있었지요. 이때 누군가가 '영배각시가 총 맞았다'며 속삭입니다.

사람들이 물러나면서 앞이 트였지만, 죽은 사람을 보자 겁이 난

'나'는 권총 든 장교가 서 있는 조회대 뒤로 달려갈 엄두가 나지 않아서 발만 동동 굴려요. 사람들은 서편 울타리에 붙어 서서 움직이려 하지 않았는데, 군인들이 긴 장대 두 개를 들고 와 사람들을 울타리에서 떼어내기 시작해요. 장대 양 끝에 군인 한 사람씩 붙어 군중 50명쯤을 뚝 떼서 교문 밖으로 내몰았지요. 이 와중에 길수 형과 '나'는 조회대 뒤편으로 뛰었고, 다행히 청년단원이 휘두르는 대창에 맞지 않고 조회대 뒤로 갈 수 있었어요. 사람들은 길수 형과 '나'를 안으로 끌어주었고 할머니가 달려들어 치마를 벌려 둘을 싸서 숨겨주었지요. 청년단원 두 명이 쫓아왔지만, 뒤미처 달려드는 사람들을 쫓아내느라 둘을 끝까지 쫓지는 못했습니다.

장대 두 개가 번갈아 가며 사람들을 내몰고, 빠져나오는 사람들에게 몽둥이를 휘두르고 공포탄을 쏘아대자 사람들은 주춤주춤 교문 밖으로 걸어 나갔어요. 교문 밖에 맞닿은 일주도로에 내몰린 사람들은 모두 길바닥에 주저앉아 울며불며 살려달라고 빌었지요. 군인들의 바짓가랑이를 붙잡고 울부짖는 할머니들, 총부리에 등을 찔려 앞으로 곤두박질치는 아낙네들…… 군인들은 총구로 찌르고 개머리판을 사정없이 휘둘렀습니다. 사람들은 총에 맞을까 봐 무서워하며 엉금엉금 기어가기 시작했지요.

돼지 몰듯 사람들을 교문 밖으로 내몰고 나서는 콩 볶는 듯한 총소리가 들려왔어요. 그러고는 통곡 소리가 천지를 진동했지요. 할머니도 큰아버지도 길수 형도 '나'도 울었고, 우익 인사 가족들도 넋 놓고 엉엉 울었습니다. 마을에선 외양간에 매인 채 불에 타 죽는 소와 말 울음소리도 처절하게 들려왔습니다. 대낮부터 시작된 이런

아수라장은 저물녘까지 지긋지긋하게 계속됐어요.

그날 죽을 뻔했다가 살아난 순이 삼촌이 당시 상황을 길수 형에게 말한 적이 있는데, '군인들이 일주도로변 옴팡진 밭에다가 사람들을 밀어붙였는데, 사람마다 안 들어가려고 밭담 위에 엎어져서 이마를 쪼이며 피를 철철 흘리면서 살려달라고 빌기도 했다'고 합니다. 그리고 작은당숙은 그날 학교 운동장에 벗겨져 널린 임자 없는 고무신을 다 모으면 한 가마니는 되었을 것이라고 합니다.

장대에 내몰려 열한 번째로 끌려가던 사람들은 그야말로 운수가 대통했어요. 때마침 대대장 차가 도착하여 총살 중지 명령을 내렸기 때문이지요. 만약 대대장이 읍에서부터 타고 오던 지프차가 도중에 고장만 안 났어도 한 시간 더 일찍 도착했을 테고, 그랬다면 삼사백 명은 더 살았을 거예요. 희생자는 백 명 내외로 줄었겠지요. 공비에게 오염됐다고 판단된 마을을 토벌해서 백 명 정도의 이적행위자를 사살했다면 그건 수긍할 만한 일이었을지 몰라요. 그러나 피살자 오백 명은 그야말로 무차별 사격이나 마찬가지였습니다.

6. 오해가 불러온 사건의 전말

일개 중대장이 대대장도 모르게 어떻게 그런 엄청난 일을 저지를 수 있었을까요? 고모부 말에 따르면, 자신은 그 당시 토벌군으로 애월면에 가 있어서 자세한 것은 잘 모르지만, 중대장이 전투사령부 작전명령에 따랐으나 그 명령을 잘못 해석했기 때문일 수도 있다는 거예요. 또 그때는 중대장 즉결처분권이란 것이 있었다고 합니다. 그러니까 중대장이 작전명령을 자기 나름대로 해석해서 실행해 버린 것이지요.

당시 작전명령은 《손자병법》에서 따온 '견벽청야(堅壁淸野) 작전' 으로, 공비를 소탕할 때 먼저 토벌군으로 벽을 쌓아 병풍을 만들고 말끔히 청소하는 것입니다. 일정한 거점만 확보하고 나머지 지역은 인원과 물자를 비워버려 공비가 발붙일 여지가 없게 하려는 작전이지요. 이때 인원과 물자를 비워버리라는 것은 작전지역 내의 인원과 물자를 안전지역으로 후송하라는 뜻인데, 인원을 전원 총살하고 물자를 전부 소각하라는 것으로 잘못 해석했을 수도 있다는 거지요.

하지만 '나'는 고모부의 말을 듣고 나서 그것은 책임을 모면하려는 핑계일 뿐이라고 말합니다. 그리고 그때 떼죽음당한 곳이 한둘이 아닌데, 그게 다 작전명령을 잘못 해석해서 일어난 사건이라는 것은 말도 안 되는 소리이며, 그 작전명령 자체가 작전지역의 민간인을 모두 총살하라는 게 틀림없다고 덧붙였지요. 그 말에 고모부는 일단 몇 날 몇 시까지 소개하라고 포고령이 내린 뒤에도 계속 작전지역에 남아 있는 자는 공비나 공비 동조자로 간주해서 노인이든 아이든 할 거 없이 전부 사살하라는 명령은 있었다고 답합니다.

그러나 '서촌'은 소개하라는 사전 포고령도 없었고, 작전명령에 의해 죽은 사람들은 대부분 노인과 아녀자들이었어요. 군경들이 찾던 도피자들이 아니었지요. 도피 생활을 하느라 마침 마을을 떠나 있어서 화를 면했던 남정네들 또한, 그들이 군경을 피해 다녔으니까 도피자가 틀림없겠지만 그들 역시 군경이 소탕하려던 공비는 아

니었습니다. 사실 그들은 공비에게도 쫓기고 군경에게도 쫓겨 할 수 없이 이리저리 피해 나니는 신세일 뿐이었지요.

군경 측에서는 그런 도피자를 공비와 동일시했는데, 이는 5·10 선거 때 이 마을 출신 몇몇 공산주의 골수분자의 선동에 부화뇌동하여 선거를 보이콧한 사건 때문이에요. 주민들은 선거 보이콧을 선동했던 주모자인 한라산 입산 공비 김진배의 아내를 마을에서 추방하고 그의 밭 한가운데를 파헤쳐 비 오면 물이 차는 못을 만들면서까지 결백을 주장했으나 군경의 오해는 막무가내였지요.

밤에는 이 마을 출신의 공비들이 나타나 입산하지 않는 자는 반동이라고 대창으로 찔러 죽이고, 낮에는 함덕리의 순경들이 도피자 단속을 하니, 결국 마을 남자들은 낮이나 밤이나 숨어 지낼 수밖에 없었어요. 순경들이 도피자라고 찾던 폐병쟁이 종철이 형은 공비가 습격해 온 밤에 궤 뒤에 숨어 있다가 기침을 몹시 하는 바람에 발각되어 대창에 찔려 죽었고, 헛간 멍석 세워둔 틈에 숨어 있다가 공비의 대창에 죽은 완식이 아버지도 순경들이 찾던 도피자였습니다.

'나'의 종조할아버지도 사건 석 달 전, 밤중에 내려온 마을 출신 폭도들로부터 식량을 모아달라는 요구를 받았어요. 종조할아버지는 나중에 경찰에서 알면 큰일 나니 그냥 빼앗아 가달라고 하며 쌀을 모으는 데 협조하지 못하겠다고 했습니다. 그 말에 화가 난 폭도들이 그 자리에서 종조할아버지 가슴팍에 대창을 찔러 돌아가시게 했어요. 같은 날 밤 철동이네는 용케 약탈을 면했는데, 그럼에도 약탈당하지 않은 것으로 보아 공비와 내통하는 것이 틀림없다는 엉뚱한 오해를 받아 이튿날 경찰에게 화를 당하고 말았습니다.

이렇게 안팎으로 혹독하게 시달린 마을 남자들 중에는 '나'의 아버지처럼 일본으로 밀항해 버린 사람도 있고, 육지 전라도 땅으로 피신한 사람도 있었어요. 어떤 집은 한군데 모여 있다가 멸족이 될 수 있다는 생각에 사내아이들을 각각 다른 마을로 보내기도 했고요. 그러나 남자들 대부분은 마을에 그대로 있었고, 폭도에 쫓기고 군경에 쫓겨 갈팡질팡하다가 결국은 한라산 아래의 목장으로 올라가 굴속에 몸을 숨기게 되었지요. 이때 행방을 알 길 없는 남편 때문에 모진 고문을 당하던 순이 삼촌도 따라 올라갔습니다.

솥과 이불도 가져가고, 밥을 지을 때 연기가 나면 발각될까 봐 연기 안 나는 청미래덩굴로 불을 땠습니다. 그냥 놔두면 한라산 공비들의 양식이 된다고 토벌군이 총으로 쏘아 죽인 썩은 말고기를 주워다 먹기도 했어요. 동굴 천장에서 물이 떨어져 이불이 점점 젖어 들면서 얼어 죽는 사람이 생기기도 했습니다. 3년 뒤 온 섬이 평정되어 할머니를 따라 목장에 고사리 꺾으러 갔다가 비를 만나 어느 동굴로 피해 들어갔을 때, '나'는 굴속에 있던 사람의 뼈다귀와 흰 고무신을 보고 놀란 적도 있었습니다.

이렇게 남자들이 마을을 비우자 군경 측에서는 자연히 입산한 것으로 오해했고, 그러한 오해가 섣달 열여드레의 끔찍한 사건의 바탕이 되었던 것입니다. 그 사건은 마을 남자들이 동굴에서 생활한 지 9일 만에 일어난 일이었어요. 그런데 하필 그날 순이 삼촌은 우리 할머니에게 맡겨두었던 자식들을 데리러 내려와 있다가 화를 당했던 것이었지요.

그 학살이 상부의 작전명령이었는지 그 중대장의 독자적 행동이었는시, 그 잘잘못을 밝혀내서 두 번 다시 이런 일이 안 생기도록 경종을 울려야 한다는 길수 형의 열띤 목소리에, 공연히 긁어 부스럼 만들지 말라며 큰당숙이 고개를 절레절레 흔들었습니다. 고모부도 그 작자들이 살아 있는 동안은 어려울 것이며, 30년 묵은 일이니 형법상 범죄 구성도 안 될 것이라고 맞장구칩니다. 그러나 길수 형은 이대로 그냥 놔두면 이 사건은 영영 묻힐 것이고, 앞으로 10년이나 20년쯤 뒤에는 심판받을 당사자도 죽고 없을 뿐 아니라 그때를 증언해 줄 사람들이 돌아가시고 나면 다 허사라며 자기주장을 꺾지 않아요. 길수 형의 말에 고모부의 입에서 "기쎄, 조캐, 지나간 걸 개지구 자꾸 들춰내선 멀 하간? 전쟁이란 다 기런 거이 아니가서?"라고 느닷없이 평안도 사투리가 튀어나왔고, '나'는 50대 나이의 고모부 얼굴에서 30년 전의 새파란 서북청년단 모습을 엿본 느낌이 들어서 가슴이 섬찟해집니다.

7. 서북청년단과 서청 출신 고모부

서청은 '서북청년단'을 줄여서 부르는 이름입니다. 30년 전 서청 출신 순경들은 '나'보다 더 어린 아이들에게 양과자를 주며 아버지나 형이 숨은 곳을 가르쳐달라 했고, 마을 곳곳의 도피처에서 숨은 이들을 찾아냈어요. 그들은 노인을 협박하고 어린 손자에게 할아버지 따귀를 때리도록 강요했으며, 양식을 강탈하고, 처녀들에게 거짓 혐의를 씌워 희롱을 일삼았습니다. 순이 삼촌도 그런 식으로 당했지요. 순이 삼촌은 남편 행방을 대라고 협박당하며 집 마당에서 도리깨로 머리를 심하게 얻어맞기도 했고, 경찰서에 끌려가 여성으로서 수치스러운 모욕을 당하기도 했습니다. 그들이 밭에서 혼자 김매는 젊은 여인을 겁탈한다는 소문이 돌자 나이 찬 딸을 둔 집에서는 위기를 모면하려고 서청 군인에게 딸을 시집보내기도 했어요. '나'의 할아버지도 당시 스무 살이던 서청 소속 고모부를 꾀어 두 살 많은 고모와 결혼하게 했지요. 당시 도피자 가족들 중에는 목숨을 부지할 방편으로 이런 정략결혼을 택하기도 했는데, 부대 이동으로 그들이 떠나고 나면 자식들은 아버지 없이 자라야 했습니다.

다행히 '나'의 고모부는 휴전 이후에 제주로 다시 와서 지금까지 30년간 이곳 사람들과 섞여서 살고 있는데, 느닷없이 이북 사투리가 터져 나오자 갑자기 침묵이 흐르지요. 고모부는 주위 사람들의 반응을 모른 채 이북 사투리로 말을 이어가요. '도민들이 서청을 안 좋게 생각하는 것은 알지만 그들도 사정이 있었다. 북에서 빨갱이 등쌀에 못 이겨 월남해서 빨갱이라면 이를 갈 정도였다. 서청의 존재 이유가 반공인 만큼 남로당 천지인 이 섬에 순경과 군인으로 들어올 때부터 이 섬에 선입견을 갖고 있었다. 이 섬 출신 젊은이들이 연대장을 암살하고 반란이 일어나 백여 명이 한꺼번에 입산해서 공비들과 합세했다. 4·3 폭동을 일으키고 5·10 선거에 반대했다.' 같은 변명을 늘어놓지요.

고모부의 말을 듣던 큰아버지가 못마땅한 반응을 보이자 그제야 고모부는 말을 멈춰요. 친척 어른들의 반응과 거북한 침묵 끝에 수

완이 좋은 고모부는 다시 제주 사투리로 돌아와 말을 이어가지요. 그리고 큰낭숙이 그 낭시 육지 사람들이 제주를 얕보았고, 육지 사람들이 온 섬을 점령하고 있었다고 말하자, 작은당숙은 제주 사람인 박 주임이 서청보다 더 악독하게 제주 사람을 죽였다는 말로 받았고, 박 주임이 도피자들을 여러 사람 몰래 놓아주었다고 다른 의견을 내는 사람도 있었습니다.

시간이 흘러 뒤늦게 초토 작전을 반성하는 전투사령부의 선무공작으로 한라산 동굴 밑에 숨어 있던 도피자들을 상당수 귀순시켰어요. 그런데 때마침 6·25 전쟁이 터져 해병대 모집이 있었는데, 이 귀순자들이 너도나도 입대하게 됩니다. 빨갱이 누명을 벗을 수 있는 더없이 좋은 기회라고 생각했기 때문이에요. 그들은 '인천상륙작전'에 참가해 '귀신 잡는 해병'으로 용맹을 떨쳤습니다. 하지만 '나'는 그들의 그러한 행동 뒤에 숨어 있는 의미를 생각하며 울화가 치밀어 오르지요. 그래서 서청을 변호하는 고모부에게 서운한 감정이 들고 말도 곱게 나오지 않습니다. 고모부는 평소와 다른 '나'의 이런 반응에 내심 놀랍니다.

당시 중산간 마을은 집이 다 불타 버려서 갈 곳 잃은 피난민들은 한라산 동굴에 숨어 살았어요. 목장 지대에서 아기 울음소리 때문에 발각된 피난민들은 굶주림과 추위 때문에 대부분 피골이 상접하고 동상에 걸려 목숨이 위태로운 상태였지요. 한참 뒤에 선무공작을 펴서 귀순자들이 내려오게 되었다는 고모부의 말에, '나'는 처음부터 선무공작을 폈으면 인명 피해를 줄일 수 있었다고 받아칩니다. 그러자 고모부는 변명을 늘어놓았고 '나'는 그런 고모부를 보며 비통함을 느껴요. 그리고 이런저런 생각이 떠오르지요.

그 당시 떼죽음을 당한 마을이 어디 한둘이겠는가? 가족 중에 피해를 입지 않은 섬사람이 몇이나 있겠는가? 군경 전사자 몇백과 무장 공비 몇백을 빼고, 삼만 명에 이르는 주검은 누구의 죽음인가? 멀리 육지에서 이 섬으로 건너와 폭도를 진압해 준 장본인에게 원한을 품어야 하는 현실이 기가 막힌 일인데…….

그러나 이 명백한 죄악은 30년 동안 단 한 번도 고발되어 본 적이 없다. 도대체가 그건 엄두가 나지 않는 일이었다. 군경과 권력이 하나가 된 지금 그 일을 섣불리 들고 나왔다간 후탈이 무서웠다. 그 당시하도 무섭게 당했던지라 합동위령제를 지낼 용기조차 없었다. 그렇다. 그들이 원하는 것은 결코 고발이나 보복이 아니었다. 억울한 죽음을 진혼하는 합동위령제를 올려 30년 동안 어둠에 갇힌 죽음을 위로하자는 것이었다.

8. 다시 30년 전, 전략촌 건설

섣달 열여드렛 날, 군인들이 떠난 다음에도 마을 사람들은 불타는 마을을 바라보면서 움직이지도 못하고 울음만 터뜨려요. 어두워질수록 마을을 태우는 불빛은 들불처럼 점점 사방으로 퍼져나가며 너울거렸고, 집집마다 불붙은 고방의 쌀독들이 터지는 소리가 들려옵니다.

큰아버지는 소뿔에 찔린 허벅지 상처 때문에 움직이지 못하고 집에 남아 있던 할아버지가 걱정되어 몰래 마을로 들어가지만, 병풍을 들고 나오다가 총에 맞아 죽은 할아버지의 시신과 마주하게 됩니다.

그날 밤 한기를 피해 교실에서 서로 붙들어 안고 밤을 지새우던 사람들은 마을 대밭이 타면서 마구 터지는 폭죽 소리를 총소리로 착각하여 깜짝 놀랐고, 죽은 줄만 알았던 순이 삼촌이 살아 돌아와 유리창을 두드리는 소리에 다시 한번 놀랍니다. 순이 삼촌은 시체 무더기 속에 기절해 있다가 살아 돌아왔는데, 사람들에게 접근하려 들지도 않고 울지도 않았어요.

이튿날 아침까지 불에 타고 있던 마을에 들어간 사람들은 불타버린 집터에서 타다 남은 좁쌀, 고구마 등을 구해 고픈 배를 달랬고, 타 죽은 소와 돼지도 도막 내어 나누어 가졌어요. 이렇게 사람마다 등짐 하나씩 지고 시오리 길을 걸어 함덕으로 소개되었지요. 수용 시설도 없어 빈집이나 남의 집 헛간, 외양간을 겨우 빌려 보릿짚으로 잠잘 곳을 마련했습니다.

도피자 가족들은 함덕국민학교에 수용되어 취조를 받고 닷새 만에 풀려나왔어요. 순이 삼촌도 거기에 끼어 있었는데, 풀려나오는 순이 삼촌의 몰골이 끔찍할 정도였지요. 그 뒤로 궂은날이면 허리뼈가 쑤셔 뜨거운 장판에 지져대곤 했는데, 그때 얻은 골병 때문이었습니다.

두 달도 못 되어 양식이 떨어진 피난민들은 들나물과 갯가의 파래나 톳을 삶아 멸치젓 국물에 찍어 먹으면서 간신히 두 달을 버텼는데, 그제야 소개령이 해제되어 마을로 돌아갈 수 있었습니다. 사람들이 마을에 돌아와 맨 먼저 한 일은 시체를 처리하는 일이었어요. 석 달 가까이 방치되었던 시체들이라 썩고 문드러져 누구의 시체인지 알기 어려웠으나 옷가지로 겨우 구별하여 묻어주었습니다. 그다음에 급히 서둘러 움막을 지었는데, 들에서 소나무와 억새를 베어다가 움막을 세우고 보릿짚을 깔아 만들었으니 돼지우리와 다름없었어요. 먹을 것도 없어, 돼지 사료로 쓰는 밀기울로 범벅을 해 먹고 파래밥이나 톳밥을 해 먹었지요. 그러다 보니 똥을 누면 돼지 똥과 구별이 되지 않았습니다. 그마저도 양껏 먹지 못했고, 고기를 낚는 주낙질은 물론 잠녀의 물질도 성 쌓는 일 때문에 허락되지 않았어요.

주민들은 순경들의 감독을 받으며 아침부터 저녁까지 전략촌 건설에 동원되었어요. 남정네들이 출정해 버린 마을에 남은 건 노인과 아녀자들뿐이라 순이 삼촌도 임신한 몸으로 돌을 져 날랐고, 길수 형과 '나' 같은 어린아이들도 동원되었지요. 전략촌을 두 바퀴 두르는 겹성을 쌓는 일은 거의 두 달 가까이나 걸렸어요. 겨우 성이 완성되고 나서 낮에는 주낙질과 물질이 허락되었으나 밤이 되면 성문이 닫혀 성 밖 출입이 금지되었을 뿐 아니라 순번제로 초소막을 지키러 나가야 했습니다. 국민학교 3, 4학년인 '나'와 길수 형이나 만삭의 몸인 순이 삼촌도 대창을 들고 막을 지키러 나갔지요. 전략촌 생활은 거의 1년 넘게 계속되었지만 그동안 한 번도 공비의 습격을 당한 적이 없어, 결국 해안 지방의 축성은 과잉 조처라는 게 판명된 셈이었습니다.

주민들은 성을 다시 허물고 제각기 제 집터로 돌아갔어요. 그 뒤 성을 허문 돌을 날라다가 다시 담과 벽을 쌓고 새로 집을 지었지요. 집이라고는 하지만, 못도 없어 철사를 잘라 대충 지은 방 하나에 부엌 딸린 두 칸짜리 집이었습니다. 순이 삼촌도 '나'의 큰집에서 몸을 풀고 큰아버지의 도움을 받아 불탄 집터에다 조그만 오두막집을 지었어요. 그러나 일가족이 전부 몰살되어 집을 세우지 못한 채 그대로 방치된 집터도 더러 있었습니다.

9. 옴팡밭에 묶인 순이 삼촌의 삶

아이들은 이제 30년 전 옴팡밭의 비극을 까맣게 잊고, 사람 죽인 탄피를 주워 모으고 화약총을 만들어 놉니다. 하지만 어른들은 도무지 잊을 수가 없었는데, 그 중에도 순이 삼촌만큼 후유증이 깊은 사람이 없었지요. 순이 삼촌네 그 옴팡진 돌밭에는 끝까지 찾아가지 않는 시체가 둘 있었는데, 큰아버지의 손을 빌려 치운 다음에야 고구마를 갈았고, 송장 거름을 먹은 고구마는 목침 덩어리만큼 큼직큼직했습니다.

더운 여름날 순이 삼촌은 그 고구마밭에 아기구덕(제주도에서 아기를 재울 때 쓰는 바구니)을 지고 가 김을 매는데, 호미 끝에 흰 잔뼈가 튕겨 나오고 녹슨 납 탄환이 부딪치기도 했습니다. 조용한 대낮일수록 콩 볶는 듯한 총소리의 환청이 자주 일어났고, 눈에 띄는 대로 주워냈지만 잔뼈와 납 탄환은 30년 동안 끊임없이 튀어나왔습니다.

옴팡밭에 붙박인 인고의 30년. 30년이면 그럭저럭 잊고 지낼 만한 세월이지만 순이 삼촌은 뼈와 총알이 나오는 그 옴팡밭에 발이 묶여 도무지 벗어날 수가 없었습니다. 오누이가 묻혀 있는 그 옴팡밭은 순이 삼촌의 숙명이었으며, 결국 그 밭으로 가서 죽음을 맞습니다. 순이 삼촌의 죽음은 한 달 전의 죽음이 아니라 이미 30년 전의 해묵은 죽음이었던 것입니다.

'나'는 이렇게 순이 삼촌에 대한 생각을 마무리 짓고 밖으로 나오면서, 두어 집째 제사를 끝내고 마지막 집으로 옮아가는 사람들의 기척을 듣습니다.

제주 4·3 사건

미군정기에 제주도에서 발생한 '제주 4·3 사건'은 한국 현대사에서 한국전쟁 다음으로 인명 피해가 많았던 비극적인 사건이에요.

제주도는 태평양전쟁 말기에 미군의 상륙을 저지하기 위해 일본군 6만여 명이 주둔하면서 전략기지가 되었어요. 그리고 종전 직후에는 일본군이 철수하고 외지에 나가 있던 제주 도민 6만여 명이 귀환하면서 급격한 인구 변동이 있었지요. 해방에 대한 초기의 기대와는 달리 제주도에는 귀환 인구의 실직 문제, 생필품 부족, 전염병(콜레라) 창궐, 극심한 흉년 같은 악재가 겹쳤어요. 또한 미곡 정책의 실패, 일제 경찰의 군정 경찰로의 변신, 군정 관리들의 부정부패 등이 사회문제로 부각되었지요. 이런 분위기 속에서 1947년에 삼일절 발포 사건이 터져 민심이 더욱 악화되었답니다.

삼일절 발포 사건은 경찰이 시위 군중에게 총을 쏘아 여섯 명이 사망하고 여덟 명이 중상을 입은 사건이에요. 희생자 대부분은 일반 시민이었지요. 바로 이 사건이 4·3 사건을 촉발하는 도화선이 되었어요. 이때 남로당 제주도당은 조직적인 반(反)경찰 활동을 전개했는데, 경찰 발포에 항의한 '3·10 총파업'은 관공서와 민간 기업 등 제주도 전체 직장인의 95퍼센트 이상이 참여한, 한국에서는 유례가 없었던 민관 합동 총파업이었어요.

사태를 심각하게 여긴 미군정은 조사단을 제주에 파견하였고, 이 총파업이 경찰 발포에 대한 도민의 반감과 이를 증폭시킨 남로당의 선동 때문이라고 판단했어요. 그러나 '경찰의 발포'보다는 '남로당의 선동'에 비중을 두고 강공 정책을 추진합니다. 도지사를 비롯한 군정 수뇌부를 모두 외지 사람으로 교체하고, 경찰과 서청 단원 등이 대거 제주에 내려가 파업 주모자 검거 작전을 전개했지요. 검속 한 달 만에 500여 명이 체포되었고, 4·3 사건 발발 직전까지 1년 동안 2500명이 구금되었답니다.

1948년 3월에는 일선 지서에서 고문으로 사망하는 사건이 세 번 잇따라요. 제주 사회는 금방이라도 폭발할 것 같은 위기 상황으로 변해갔지요. 이때 남로당 제주도당 중 신진 세력들은 군정 당국에 등을 돌린 민심을 이용해 두 가지 목적(하나는 조직의 수호와 방어 수단, 다른 하나는 당면한 단독 선거와 단독 정부를 반대하는 구국 투쟁)을 이루기 위해 무장투쟁을 결정합니다.

1948년 4월 3일 새벽 2시, 350명의 무장대가 12개 지서와 우익 단체들을 공격하면서 무장 봉기가 시작되었어요. 무장대는 경찰과 서청의 탄압 중지와 단선·단정 반대, 통일 정부 수립 촉구 등을 슬로건으로 내걸었지요. 미군정은 초기에 이를 '치안 상황'으로 간주하고 경찰력과 서청을 더 늘려 사태를 막고자 했지만 뜻대로 사태가 수습되지 않았어요. 그래서 결국 주한 미군 사령관인 하지 중장과 군정 장관인 딘 소장이 경비대에 진압 작전 출동 명령을 내리게 됩니다.

한편 9연대장 김익렬 중령은 무장대 측 김달삼과의 '4·28 협상'을 통해 평화적인 사태 해결에 합의했어요. 그러나 이 평화협상은 우익 청년 단체가 저지른 '오라리 방화 사건' 등으로 깨져버리지요. 그리고 5월 10일 실시된 총선거에서 전국 200개 선거구 가운데 제주도의 2개 선거구만이 투표자 과반수 미달로 무효 처리가 되었어요. 그러자 미군정은 브라운 대령을 '제주지구 최고사령관'으로 임명하여 강도 높은 진압 작전을 전개하며 6월 23일 재선거를 실시하려고 시도했으나 실패하고 말아요. 5월 20일에는 경비대원 41명이 탈영해 무장대 측에 가담하는 사건이 생겼고, 6월 18일에는 신임 연대장 박진경 대령이 부하 대원에게 암살당하는 일까지 벌어져요.

그 후 제주 사태는 한때 소강 국면을 맞았어요. 무장대는 김달삼 등 지도부의 '해주 대회' 참가 등으로 조직 재편의 과정을 겪었고, 군경 토벌대는 정부 수립 과정을 거치면서 느슨한 진압 작전을 전개했지요. 그러나 소강상태는 잠시뿐이었어요. 남한에 대한민국이 수립되고, 북쪽에 또 다른 정권이 세워짐에 따라 이제 제주 사태는 정권의 정통성에 대한 도전으로 인식되어 버렸지요. 이승만 정부는 10월 11일 '제주도 경비사령부'를 설치하고 본토의 군병력을 제주에 내려보냈어요.

11월 17일에는 제주도에 계엄령이 선포되었는데, 이에 앞서 9연대 송요찬 연대장은 해안선으로부터 5킬로미터 이상 들어간 중산간 지대를 통행하는 자는 폭도배로 간주해 총살하겠다는 포고문을 발표했어요. 이때부터 중산간 마을을 초토화하는 대대적인 강경 진압 작전이 전개되었지요. 이와 관련하여 미군 정보 보고서에서는 "9연대는 중산간 지대에 위치한 마을의 모든 주민이 명백히 게릴라 부대에 도움과 편의를 제공하고 있다는 가정 아래 마을 주민에 대한 '대량 학살 계획(program of mass slaughter)'을 채택했다."라고 적고 있어요.

계엄령 선포 이후에 중산간 마을 주민들은 많은 피해를 입었어요. 중산간 지대에서뿐만 아니라 해안 마을에 소개한 주민들까지도 무장대에 협조했다는 이유로 죽임을 당했지요. 때문에 목숨을 부지하기 위해 입산하는 피난민이 더욱 늘었고, 이들은 추운 겨울을 한라산에서 숨어 다녀야 했어요. 그러다 잡히면 사살되거나 형무소 등지로 보내졌고요. 심지어 진압 군경은 가족 가운데 누구 하나라도 없으면 '도피자 가족'으로 몰아붙여 그 부모와 형제자매를 대신 죽이는 '대살(代殺)'을 자행하기도 했습니다. 12월 말, 진압 부대가 9연대에서 2연대로 교체되고 나서도 강경 진압은 계속되었어요. 가장 인명 피해가 많았던 '북촌 사건'도 2연대가 저지른 것입니다.

1949년 3월, '제주도 지구 전투사령부'가 설치되면서 진압·선무 병용 작전이 전개되었어요. 신임 유재흥 사령관은 한라산에 피신해 있던 사람들이 귀순하면 모두 용서하겠다는 사면 정책을 발표했지요. 이때 많은 주민들이 하산했고, 1949년 5월 10일에 재선거가 성공리에 치러졌어요. 그리고 6월에는 무장대 총책인 이덕구가 사살됨으로써 무장대는 사실상 궤멸됩니다.

그러나 한국전쟁이 발발하면서 또다시 비극이 찾아왔어요. 보도연맹 가입자, 요시찰인 및 입산자 가족 등이 대거 예비 검속에 걸려 죽음을 맞게 됩니다. 또 전국 각지 형무소에 수감되었던 4·3 사건 관련자들도 즉결 처분이 되었지요. 이로 인한 희생자가 3000여 명에 이른다고 하네요. 하지만 유족들 대부분은 그 시신조차 찾지 못했답니다.

잔여 무장대들의 공세도 있었으나 그 세력은 미미했어요. 그러다 1954년 9월 21일 한라산 금족 지역이 전면 개방되면서, 1947년 삼일절 발포 사건과 1948년 4·3 무장 봉기로 촉발되었던 '제주 4·3 사건'은 7년 7개월 만에 막을 내리게 됩니다.

북촌 사건

〈순이 삼촌〉에서는 '서촌에서 벌어진 일'이라고 되어 있지만, 실제 이 소설의 배경이 되는 사건은 '북촌 사건'이에요. 북촌은 당시 제주시의 중심이었던 관덕정에서 동쪽으로 18킬로미터 남짓 떨어진 곳입니다. 북촌 사건은 진압군이 북촌 마을 모든 사람을 대상으로 보복과 학살을 행했던 참혹하고 비극적인 사건이에요. 진압군은 무장대에 의해서 그들 쪽 사상자가 발생하면 즉각 보복에 나섰어요. 보복 대상은 주로 '도피자 가족'이었지요. 무장대가 진압군을 습격하고 나면 이어 진압군이 도피자 가족을 총살하고, 그것이 반복되는 악순환이 계속되었어요.

1949년 1월 17일 아침에 제2연대 3대대에 속한 중대의 일부 병력이 대대 본부가 있던 북촌 인근의 함덕으로 가던 도중에 북촌 어귀 고갯길에서 무장대의 기습을 받아 숨졌어요. 당황한 마을 원로들은 의논 끝에 군인 시신을 들것에 담아 대대 본부로 찾아갔지요. 시신을 보고 흥분한 군인들은 열 명의 원로 가운데 경찰 가족 한 명을 제외하고는 모두 사살해 버렸어요. 그리고 장교의 인솔 아래 두 개 소대쯤 되는 병력이 북촌 마을을 덮칩니다.

오전 11시 전후에 군인들이 마을을 포위하고 집집마다 들이닥쳐 총부리를 겨누며 남녀노소, 병약자 할 것 없이 모두 북촌국민학교 운동장으로 내몰고는 온 마을을 불태워 버렸어요. 400여 채의 집이 순식간에 잿더미로 변했지요. 운동장에 모인 1000명가량의 마을 사람들은 공포에 떨었고, 교단에 오른 현장 지휘자는 먼저 민보단(경찰의 외곽 조직) 책임자를 나오도록 해서 '마을 보초를 잘못 섰다'는 이유로 주민들이 보는 앞에서 즉결 처분을 했어요.

군인들은 다시 군인과 경찰 가족을 나오도록 해서 운동장 서쪽 편으로 따로 분리시켰어요. 어린 학생 등을 일으켜 세워 '빨갱이 가족'을 찾아내라고 들볶던 군인들은 이 일이 여의치 않자 주민 몇십 명씩 끌고 나가 학교 인근 밭에서 사살하기 시작했어요. 이 주민 학살극은 오후 5시께 대대장의 중지 명령이 있을 때까지 계속되었지요. 마을 주민들은 이날 희생된 사람이 대략 300명에 이른다고 증언하고 있어요.

한편 사살 중지를 명령한 대대장은 주민들에게 다음 날 함덕으로 오도록 전하고 병력을 철수시켰어요. 살아남은 주민 가운데 일부는 다음 날 산으로 피신하고, 나머지는 함덕으로 갔지요. 그런데 함덕으로 간 주민들 가운데 100명 가까이가 '빨갱이 가족 색출 작전'에 휘말려 희생되고 말았어요. 이 사건으로 북촌 마을에는 대가 끊어진 집안이 적지 않다고 합니다.

당시 경찰이었던 사람의 증언에 의하면, 이미 집들을 다 불태워 버린 상황이라 주민들을 수용할 대책이 없어서 죽인 것이라고 해요. 더 놀라운 것은 군인 개개인에게 총살을 경험하도록 하기 위해 그렇게 했다는 거예요. 이런 어처구니없는 피해를 당했음에도 북촌 마을 주민들은 이후 이 사건에 대해 말을 할 수가 없었어요. 희생자들을 위령하며 통곡했다는 이유만으로 경찰에 잡혀가 곤욕을 치르기도 했으니까요.

1954년 1월 23일, 마을에서 '아이고 사건'이라고 부르는 일이 벌어졌어요. 주민들이 국민학교 교정에서 한국전쟁 전사자의 고별식을 하던 중, "오늘은 6년 전 마을이 소각된 날이며 여기에서 억울한 죽음을 당한 지 6주년 기념일이니 당시 희생된 영혼을 위해 묵념을 올리자."라는 한 주민의 제안에 따라 묵념을 하게 되었어요. 그때 설움에 북받친 주민들이 대성통곡을 한 것이 경찰에 알려져 그 사람들이 곤욕을 치른 사건입니다. 그들은 '다시는 집단행동을 하지 않겠습니다.'라는 각서를 쓰고서야 풀려나올 수 있었다고 해요.

1960년 4·19 혁명 이후 국회 차원의 '양민학살 진상규명 사업'이 벌어지자 북촌리 집단 살상 피해를 취재하고 보도한 한 언론은, '끔찍한 악몽, 과부(寡婦)의 마을…해마다 이맘땐 집단 제사'라는 제목 아래 "남녀 유권자 비율을 따져보면 거의 3대 1에 가까울 만큼 남자가 희소한 곳"이라고 보도하기도 했어요. 그러나 곧 5·16 군사 쿠데타가 일어나면서 진상은 다시 묻히고 말았지요. 심지어 경찰은 1990년《제주경찰사》를 펴내며 다음과 같이 북촌 사건을 왜곡했어요.

이 마을을 습격한 공비들은 어린이와 노인을 제외한 대부분의 마을 남자를 무참히 학살하거나 납치해 갔다. 토벌대가 공격해 가자 공비들 가운데 일부는 산으로 도망가고 일부는 마을로 숨어들어 약탈과 방화를 자행했다. 장시간 소탕전이 벌어지고 북촌리는 황폐한 마을이 되어버렸다.

북촌리 주민들을 살해한 가해 집단을 완전히 뒤바꿔 놓은 것이지요. 이때에도 북촌리 주민들은 아무 말을 하지 못했어요. 그런데 그 후 4·3 사건 진상 규명 운동이 일어 북촌 사건의 진상이 널리 알려졌음에도 불구하고, 경찰은 10년 후인 2000년에 새로《제주경찰사》를 펴낼 때에도 위의 내용을 그대로 실었어요. 그러나 10년 전과 달리 북촌리 주민을 포함해 많은 제주 도민이 책의 내용에 대해 분노하게 됩니다. 범도민적인 저항에 부딪힌 제주도 경찰국은 결국《제주경찰사》를 모두 회수했고, 4·3 사건과 관련된 부분을 도려낸 후 다시 배포하는 해프닝을 벌였답니다.

지금 제주시 동쪽 함덕해수욕장 옆에 자리 잡은 북촌에 가면, '너븐숭이 4·3 기념관', 위령비와 희생자들의 이름을 새긴 각명비, 〈순이 삼촌〉 문학비와 방사탑이 있어요. 그리고 옴팡밭을 따라가다 보면 북촌초등학교 운동장 한 귀퉁이에, 그 자리가 북촌리 주민 참사 현장이었음을 알리는 비석이 세워져 있습니다.

깊게 읽기

묻고 답하며 읽는
〈순이 삼촌〉

배경

인물·사건

작품

1_ 이해의 실마리

순이 삼촌은 여자인데 왜 '삼촌'이라고 하나요?

순이 삼촌은 어떤 사람인가요?

'나'는 어떤 사람인가요?

'서청'이 무엇인가요?

'전략촌'이 무엇인가요?

왜 이렇게 색채가 어두운가요?

2_ 참혹한 현실

왜 5·10 선거를 보이콧했나요?

제주 사람들을 '알이 본' 이유는 무엇인가요?

도피자와 공비, 폭도는 어떻게 다른가요?

종조부님이 돌아가신 이유는 무엇인가요?

'그날 죽은 사람 수효'는 왜 모르나요?

제주에서 '중산간'은 어디인가요?

여자가 주인공인 이유는 무엇일까요?

주제

3_ 지속되는 아픔

왜 '끔찍한 이야기'를 되풀이하나요?

4·3 사건을 겪은 사람들의 반응이 왜 다른가요?

왜 30년 동안 한 번도 고발하지 않았나요?

순이 삼촌은 왜 옴팡밭을 벗어나지 못하나요?

순이 삼촌은 여자인데 왜 '삼촌'이라고 하나요?

길수 형과 나는 어려서부터 그분을 삼촌이라고 부르면서 무척 따랐다(고향에서는 촌수 따지기 어려운 친척 어른을 남녀 구별 없이 흔히 '삼촌'이라 불러 가까이 지내는 풍습이 있다).

'삼촌'은 남성에게 적용되는 말이지만, 다른 지방과 달리 제주에서는 여성에게도 사용했어요. 그리고 친척이 아니더라도 자신이 알고 지내는 모든 사람을 이르거나 부를 때 제주에서 일반적으로 사용하던 말이기도 해요.

원래 '삼촌'은 '아버지의 형제(특히 결혼하지 않은 남자 형제)'를 이르거나 부르는 말이에요. 하지만 제주에서는 '3촌 관계에 있는 모든 친척을 아우르는 말'로 쓰인답니다. 뿐만 아니라 한 동네 어르신이나 이웃에 사는 아주머니, 아저씨도 '삼촌'이라고 해요. 그래서 소설 속에서 '나'가 순이 삼촌이라고 부른 것이지요.

그렇다면 왜 제주에서는 '삼촌'이라는 말이 이렇게 넓은 의미로 사용되었을까요?

일반적으로 농사를 짓고 살던 우리나라 대부분의 지역에서는 노동력을 확보하는 것이 중요한 문제였어요. 그래서 대개 대가족을 이루어 살며 농사일을 함께 했지요. 하지만 제주도는 넓고 기름진 땅도 없고 화산암 토양이어서 농사짓기가 어려웠어요. 그래서 산촌에서 화전을 일구거나 어촌에서 고기 잡는 일을 주로 했지요. 그런 일들은 일손이 많이 필요하지 않았기 때문에 대가족을 이루어 공동으로 일을 할 필요가 없었어요. 각자 할 일을 나누어 맡아서 하는 것이 더 효과적이었지요. 그래서 자식들이 결혼을 하면 대개 분가해서 살았어요. 그렇다 보니 다른 지방과 달리 대가족 속에서 관계를 구별하는 말들이 뚜렷하게 발달하지 않았습니다.

제주 사람들은 작은 단위의 생활을 하다가 일손이 부족하거나 큰일을 치를 때는 '수눌음'과 '괸당' 문화를 통해 해결해 나갔어요. '수눌음'은 공동 작업을 뜻하는 두레와 같은 의미를 지닌 제주 사투리로, 경조사 때 동네 사람들이 모여 서로 돕는 전통이에요. 특히 인구

가 많지 않은 제주에서는 마을 공동체 사람들을 친인척처럼 대하며 힘든 일들을 서로 도우면서 살아왔어요.

그리고 '괸당'은 친인척을 뜻하는 말인데요, 제주에서 '괸당'의 범위는 마을 사람 모두에 해당될 정도로 넓어요. 제주에서는 오래전부터 다른 지역 사람과의 결혼을 기피했고, 제주도 내에서 특히 같은 마을이나 이웃 마을 사람들끼리 결혼을 하면서 마을마다 사돈과 친척이 많을 수밖에 없게 된 것이지요.

그래서 동네 사람들이 대부분 친인척 관계를 맺게 되었어요. 지금도 제주 사람들은 "사돈에 팔촌으로 걸린 괸당"이라는 말을 흔히 사용해요. 이는 굳이 친척 관계가 되는지 따져서 확인해 보지 않아도, 고향 마을을 밝히고 계보를 따지다 보면 서로 연결된 관계가 있기 때문이지요.

이렇듯 제주도에서는 대가족을 이루며 그 안에서 노동력을 활용하는 것보다 마을 공동체 내에서 구성원들의 노동력을 활용하는 것이 효과적이었고, 그 사람들 모두 넓은 의미의 친인척 범주 안에 있기 때문에 남녀 구분 없이 동네 어른 모두를 '삼촌'으로 부르는 관행이 정착하게 된 것이랍니다.

순이 삼촌은 어떤 사람인가요?

나이 스물여섯에 홀어머니 되어 삼십 년이란 긴긴 세월을 수절해
오던 순이 삼촌.

평생 일궈 먹던 밭을 찾아가 양지바른 데를 골라 드러누워 버린
삼촌.

순이 삼촌은 그 당시 제주도 어디서나 볼 수 있던 평범한 여성이며,
또한 '4·3 사건'이라는 역사의 회오리 속에서 모진 삶을 살아온 여성
이에요. 4·3 사건이 순박한 여성의 삶을 얼마나 황폐하게 만들었는지
를 보여주는 소설 속 핵심 인물이지요. 1949년 섣달 열여드렛날의 아
픈 기억에서 벗어나지 못한 채 심한 신경쇠약과 환청에 시달리다 비
극적인 죽음을 맞이하는 인물이기도 하고요.
　소설 속 서술자인 '나'의 입을 통해 순이 삼촌이 살아온 삶을 들여
다볼까요?

　순이 삼촌은 제가 어렸을 때부터 옆집에 살던 아주머니였어요. 자
녀 둘을 키우며 남편과 오순도순 살고 있었죠. 그런데 그때의 제주도

는 아주 혼란스러웠어요. 순이 삼촌의 남편은 경찰과 서청 등에 쫓기며 산으로 도망을 다니는 신세였지요. 행방을 알 길 없는 남편 때문에 도피자 가족이 된 순이 삼촌은 서청에게 여성으로서 참을 수 없는 수모를 겪었어요.

남편의 행방을 대라며 도리깨로 머리가 깨지도록 얻어맞기도 했고요.

순이 삼촌은 다른 남자 어른들과 한라산 아래 굴속으로 피신을 가기도 했어요. 천장에서 물이 뚝뚝 떨어지는 혈거 생활에 오누이까지 데리고 갈 수가 없어 우리 할머니에게 맡기고 갔지요. 그러던 어느 날 순이 삼촌은 우리 할머니에게 맡겨두었던 오누이를 데리러 내려왔다가 그만 큰 화를 당하고 말았어요.

군경과 서청이 마을 사람들을 모아놓고 군인과 경찰, 공무원의 가족들을 분리시킨 다음 나머지 사람들에게 무자비한 총격을 가했던 그날, 오누이를 데리러 왔던 순이 삼촌이 죽을 뻔한 것이지요. 그런데 시체 무더기 속에 파묻혀 실신한 덕에 겨우 살아났어요. 하지만 그 사건으로 순이 삼촌은 두 자녀를 잃고 말았죠. 순이 삼촌은 그때 울지도 않았어요. 일곱 살이었던 나는 이해하지 못했지만, 지금 생각해 보면 엄청난 공포가 울음까지 막은 것은 아니었을까 싶어요.

하지만 순이 삼촌은 오누이를 잃은 슬픔을 다스릴 겨를도 없이 임신한 몸을 이끌고 전략촌을 건설하는 노동에 동원되었고, 만삭의 몸으로 대창 들고 막을 지키러 초소에 나가기도 했어요. 배 속의 아기 때문에 물질은 못 하고 갯가를 기어다니며 굴과 성게와 보말 따위를

걸귀처럼 먹어댔어요. 아이를 가지면 사정없이 먹어댄다는 걸 몰랐던 저는 순이 삼촌이 실성하지 않았나 생각될 지경이었죠. 그 후 우리 큰집에서 큰아버지의 도움을 받아 몸을 풀고 불탄 집터에다 조그만 오두막을 지어 살았어요. 하지만 그날의 후유증 때문에 조용한 대낮에는 콩 볶는 듯한 환청에 시달리고 군인이나 순경을 멀리서만 봐도 피해 다녔어요.

그렇게 딸 하나를 시집보내고 혼자 살던 순이 삼촌은, 제 아내가 의상실에 매달리느라 살림을 해줄 사람이 필요할 때 저희 집에 서울 구경도 할 겸 살림을 도와주러 오셨어요. 하지만 순이 삼촌의 서울 생활은 순탄치가 않았어요. 순이 삼촌이 서울 온 지 얼마 되지 않아 '밥 하영 먹는 제주도 할망'이라고 흉을 본다며 저에게 하소연하기도 하고, 제주도 사투리를 이해하려 하지 않는 아내와의 관계도 서먹해졌지요. 나와 아내는 순이 삼촌의 오해를 풀어드리려고 애를 썼지만 순이 삼촌의 결백증은 정말 우리를 힘들게 했어요.

그러던 중에 순이 삼촌의 사위가 장모님을 모시러 올라왔어요. 의지할 데라곤 딸자식 하나밖에 없는 노인을 객지 생활 하도록 놔둘 수 없다면서요. 서울 올라올 때 딸에게 얘기하지 않고 왔다는 것도 저희 부부는 그때야 알았죠. 그리고 그분에게서 순이 삼촌이 심한 신경쇠약 환자라는 사실을 알게 되었어요. 순이 삼촌의 신경쇠약은 사오 년 전 콩 두 말을 훔쳤다는 억울한 누명을

썼을 때 얻은 병이었다고 하더군요. 이웃집에
서 메주콩을 잃어버린 일로 시비가 벌어진
적이 있었는데, 그때 이웃집 사람이 경찰서
로 가자고 하자 아무 말도 못 하고 주저앉
아 버리는 바람에 범인으로 오해받으면서 환
청 증세가 시작되었다는 거예요.

　오래전 그 사건으로 평소에 군인이나 순경을 멀리서만 봐도 질겁
하고 피하던 신경증이 그 콩 두 말 사건으로 결백증에다 심한 신경
쇠약에까지 이르게 된 것이죠. 저희 부부는 그간의 사정을 듣고 순
이 삼촌에 대한 모든 오해가 풀렸지만, 순이 삼촌의 서울 생활은 저
나 제 아내나 순이 삼촌이나 모두에게 불편했던 시간이었어요.

　그렇게 일 년을 채우지 못하고 제주도로 내려온 순이 삼촌은 채
한 달이 못 되어 자식을 앞세운 그 옴팡밭으로 스스로 걸어갔어요.
그리고 30년 전에 영혼이 잠들었던 그곳에서 자신의 굴곡진 삶을 마
감했지요. 오누이가 묻혀 있는 그 옴팡밭으로 돌아가는 것이 아마
그분의 숙명이 아니었을까요?

'나'는 어떤 사람인가요?

'나'는 이 소설의 서술자예요. 순이 삼촌의 일생을 독자에게 전달하고, 제삿집에 모인 사람들의 발언을 종합하며, 4·3 사건의 실상과 앞으로 해결해야 할 문제점을 제시하는 인물이지요.

대개 1인칭 관찰자 시점의 소설에 등장하는 서술자는 주인공에 대해 자신이 보고 들은 사건을 서술하고, 그 범위에서 추측할 수 있는 내용을 전달해요. 그런데 이 소설에서 '나'는 어린 시절부터 지금까지 살아온 자신의 삶을 얘기하면서 순이 삼촌의 삶을 서술하고 있어요. 순이 삼촌의 삶에 대해 속속들이 읽어내고, 직접 보고 들은 것처럼 전달하고 있지요. 또한 주체적인 인물로 나서서 친척들의 의견을 검토하고 종합하여 문제를 제기하는 역할까지 하고 있어요. 이렇게 서술자로서 '나'의 역할이 확대된 것은, 이 소설이 순이 삼촌의 죽음을 불러온 4·3 사건을 증언하고 제대로 알리기 위한 의도를 가진 작품이기 때문이에요.

'나'는 일곱 살에 4·3 사건을 겪었고, 지금은 고향을 떠나 서울에서 회사에 다니고 있어요. 특이한 점은 8년 동안 고향을 찾지 않았다는 거예요. 이번에 고향을 찾은 것도 조상들 산소 문제를 의논해야 한다고 할아버지 제삿날에 반드시 내려오라고 한 큰아버지의 강요 때문

이지요. '나'는 의도적으로 고향을 기피해 온 셈인데, 그것은 '나'가 고향을 가난과 우울증만을 남겨준 공간이라고 생각하기 때문이에요. 그래서 의식적으로 서울 사람이 되려고 노력한 것이지요. 그러나 어린 시절에 겪은 4·3 사건이 상처가 되어 우울한 삶을 살아온 거예요.

그런데 순이 삼촌이 '나'의 집에 머무는 동안 '나'의 태도가 달라져요. 순이 삼촌이 강박적인 행동들도 '나'와 식구들에게 고통을 주기도 했지만, '나'의 의식을 변화시키는 원인이 되기도 한 것이지요. '나'가 지금까지 의도적으로 사용하지 않았고 수치스럽게 생각해 왔던 사투리를 쓰기 시작했고, 아들에게도 가르치기로 마음먹었으니까요.

사람의 의식은 사용하는 언어로 형성되는 것인데, 사투리에 대한 태도는 '나'의 생각이 바뀌고 있음을 말해주는 것이지요. 사투리를 버린 행동에 대해 '자신의 인생이 아닌 표절 인생'이었다고 고백하는 것에서 왜곡된 삶을 반성하고 자신의 모습을 찾겠다는 '나'의 의식 변화를 짐작할 수 있습니다.

제삿집에 모인 친척들이 순이 삼촌의 죽음을 얘기하는 과정에서 자연스럽게 4·3 사건이 화제가 되었어요. 순이 삼촌의 죽음이 그 사건에서 비롯된 것임을 모두가 알기 때문이지요. 그래서 4·3 사건에 대해 각자의 생각을 드러내게 되는데, '나'는 이 과정에서 인물들의 다양한 목소리를 정리하는 역할을 해요. 더 나아가 4·3 사건의 진실을 제대로 밝혀 억울한 죽음을 위로해야 한다는 생각을 밝히고 있어요.

결국 '나'는 어린 시절에 겪은 4·3 사건의 충격 때문에 고향에 대해 기피증을 갖고 있었으나, 고향에서 순이 삼촌의 죽음을 성찰하는 과정을 겪으면서 정체성을 찾는 인물이에요. 4·3 사건을 밝히고 해결하는 것이 삶의 근본임을 깨닫는 과정을 통하여 작가의 의식을 대변하고 있는 것이랍니다.

'서청'이 무엇인가요?

까마귀가 죽은 귀신의 혼령이라든가 저승 차사라고 하는 것 때문이 아니라, 그 광택 있는 날갯빛이 마을 어른들을 잡으러 오던 서청(西靑) 순경들의 옷빛하고 너무 흡사했기 때문이었다.

'서청'은 '서북 청년회' 또는 '서북 청년단'을 줄여서 부르는 말이에요. 해방 이후 북한에서는 친일 청산과 체제 개혁을 실시했는데, 이때 월남한 이북 5도 출신 청년들이 결성한 '우익 반공 청년 단체'이지요. 이들은 주로 지주 집안의 자식으로, 북한에서 모든 것을 잃고 목숨이라도 부지하기 위해 남으로 내려온 사람들이에요. 그래서 좌익(빨갱이)에 대해 극단적인 적개심을 갖고 있었고, 그들을 처벌하는 것을 목표로 삼았답니다.

서청은 1947년 5월에 처음으로 제주도에 파견되었고, 제주 도민을 전부 빨갱이 세력으로 간주하여 잔인하게 처벌했어요. 이들이 검은 옷을 입고 다녀서 검은색은 제주 도민에게 공포의 색이었지요. 까마귀만 봐도 서청을 떠올릴 정도였어요. 4·3 사건을 겪은 세대가 서청에 대해 이야기할 때면 누구나 빠뜨리지 않고 꼭 하는 말이 있어요. 당시에 아이들이 울고 보챌 때 "저기 서청 온다."라고 하면 울음을 뚝

그쳤다는 거예요.

　제주도에서 서청이 맡은 일은 '빨갱이 소탕' 작전이었어요. 빨갱이라면 무자비하게 학살했고, 그 가족에게도 보복을 일삼았지요. 특히 여성들에게 가한 행위는 말로 표현할 수 없을 정도였답니다. 밭에서 일하는 여성을 겁탈하고, 입산한 남자의 아내를 잡아가서 여맹(북한 노동당의 여성 단체)에 가입했다는 혐의를 씌워 성적 고문과 강간을 하고, 심지어 학살까지 자행했어요. 이들이 너무 포악하여 제주도 출신 순경들 중에는 자기가 서청에게 빨갱이로 몰릴까 두려워서 도피자들을 자기 손으로 죽인 사람도 있었다고 하네요. 학살의 과정이 얼마나 끔찍했던지 그곳에서 보초를 선 순경이 충격을 받아 입이 비뚤어졌고, 그것을 고치려고 굿을 했다는 증언도 있어요. 4·3 사건 당시 일어났던 잔혹한 사건들은 대부분 서청이 관련된 것이다 보니, 4·3 사건을 겪었던 사람들의 기억 속에 서청은 공포와 두려움의 대상으로 남아 있습니다.

　서청이 제주 도민에게 가한 폭력을 생각하면 치가 떨리지만, 해방과 분단, 냉전 상황 같은 역사적인 과정을 생각해 보면 그들도 정권에 이용당한 측면이 없지 않아요. 서청이나 제주 도민이나 일종의 희생양이었다는 점은 해방 이후 전개된 우리 역사의 비극이라 할 수 있을 겁니다.

'서북 청년회'란?

서청(서북 청년회)은 1946년 11월에 서울에서 결성
되었으며, 1947년부터 각 지방으로 조직이 확산되어
그 인원이 7만여 명에 이르렀다고 해요. 1947년 11월
에는 '서북 청년회 제주도 본부'가 창설되었지요. 서
북은 '평안도, 황해도, 함경도'를 이르는 말이었는데,
해방 이후에는 이북 지역을 통칭하는 말로 사용되었
어요.

서청은 창립 당시에 '조국의 완전 자주독립 전취, 균등 사회의 실현, 세계 평화에
공헌'이라는 강령을 내세웠지만, 이들이 주력한 것은 좌익 세력에 대한 테러 활
동이었어요. 이들은 1947년 후반까지 제주도를 제외한 남한 지역을 평정(공산당
세력을 소탕하는 것)했다고 판단하여 이후로는 제주도의 좌익 세력 평정에 주력
했지요. 서청을 '반공을 전매특허로 하는 극우 단체, 피비린내 나는 살상의 역
사, 백색 테러 단체'라고 평가하는 말에서 그 잔인성을 짐작하게 됩니다.

서청이 북한 출신이라는 불리한 조건임에도 당당하게 활동할 수 있었던 것은 이
승만 정권과 미군정청의 지원이 있었기 때문이에요. 이승만 대통령은 정권을 유
지하기 위한 하나의 축으로 이들을 활용했어요. 평상시에는 우익 단체로, 유사시
에는 경찰과 군인의 역할을 부여하여 준국가적 단체로 이용했고, 미군정청도 표
면적으로는 서청의 극단적인 행동에 반대하는 태도를 취했지만 한편으로는 지
원하는 입장을 유지했어요.

서청이 제주도에 들어간 것은 1947년 삼일절 사건을 계기로 경찰이 외지(육지)
출신으로 충원되면서부터예요. 그리고 4·3 사건을 진압하기 위해 국가에서 경찰
과 군대를 급파하면서 본격적으로 진출하게 되었지요. 서청은 4·3 사건 이전에
700여 명 정도 투입되었는데, 무자비한 테러와 탄압으로 제주 도민들의 감정을
격화시켰어요. 이들의 횡포 때문에 4·3 사건이 악화되었다고 보기도 해요. 제주
도에서 서청은 '인간이 과연 어느 정도까지 잔인해질 수 있는가를 보여주는 연
구 대상'이라고 할 정도의 집단이었어요.

이들은 4·3 사건을 진압하는 과정에서 정식 군대나 경찰로 편입되었고, 대한민
국 정부가 수립된 이후 대거 군인과 경찰로 채용되어 공산주의자 초토화 작전
에 투입되었다고 하네요.

'전략촌'이 무엇인가요?

부락민들은 순경들의 감독을 받으며 아침부터 저녁까지 한눈팔 새 없이 허기진 배를 안고 성을 쌓지 않으면 안 되었다. 말하자면 전략촌 건설이었다.

전략촌은 4·3 사건 당시 진압 작전의 한 과정으로 만들어진 집단 수용소를 말해요. 양민들을 한곳으로 이주시켜 무장대의 거점을 없애서 주민과 무장대와의 연결을 차단하고 주민들을 효율적으로 감시하고 통제하기 위한 목적으로 만든 것이었죠.

"아마 그것도 견벽청야 작전의 일부일 거라. 쉬운 말로 소개 작전이란 거쥬."

소설 속 고모부의 말처럼, 중산간 마을을 초토화하고 그곳에 살고 있는 주민들을 해안가 지방으로 강제 이주시키는 '소개'가 이루어졌답니다. 이는 주민들과 무장대와의 보급로를 차단하고 무장대와 입산 자를 싹쓸이하기 위한 작전 가운데 하나로, 공비 한 명을 소탕하기 위해 양민 백 명을 희생해도 좋다는 백살일비(百殺一匪)가 자행된 것이에요. 순이 삼촌이 살던 서촌 마을은 해안가 마을임에도 불구하고 토벌군의 보복에 의해 불탔으며 주민들 또한 부차별 학살되었지요. 그 속에서 간신히 살아남은 주민들은 함덕으로 소개되어 돌성을 쌓는 데 동원되었어요.

전략촌 주위로는 돌을 쌓아 성을 만들었는데, 젊은 청년들이 도피한 상태여서 노인과 여자뿐만 아니라 길수 형과 '나' 같은 어린아이도 동원되었어요. 순이 삼촌은 임신한 몸으로 돌을 져 날라야만 했지요. 주민들은 성을 쌓는 데 강제 동원되다 보니 생업을 할 수 없었어요. 그래서 양식이 떨어져 들나물과 갯가의 파래나 톳을 삶아 먹으며 굶주림을 이겨내야 했지요. 허기진 채로 아침에 나와 토벌대가 총을 들고 감시하는 속에서 성을 쌓다가 날이 저물면 내려갔는데, 해안가의 돌뿐만 아니라 밭담, 묘지를 두른 산담까지 허물어 날라다 쌓으려니

주민들의 어깨 피부가 다 벗겨질 정도였어요.

성이 완성되자 무장대와의 완전 차단을 위해 주민들을 한곳에 가둬놓고 혐의자를 색출해 낸 후에 '선량한 양민'으로 보이는 사람들만 전략촌 안에 살게 했어요. 또 통행증을 받아야 출입이 가능했답니다. 밤에는 통행이 금지되었으며, 전략촌 주민은 밤낮 구분 없이 24시간 보초를 서야 했어요. 초등학교 3, 4학년이던 '나'와 길수 형도, 만삭의 몸이던 순이 삼촌도 말이지요.

소개령과 초토화

'소개'란 공습이나 화재 따위에 대비하여 한곳에 집중되어 있는 주민이나 시설물을 분산하는 것을 말해요. 1948년 10월 17일 제주도에 "해안선에서 5킬로미터 이상의 중산간 지대와 산악 지대의 무허가 통행 금지를 실시하고, 이를 어길 경우 폭도배로 인정하여 무조건 총살에 처할 것"이라는 포고문이 선포됨에 따라 중산간 마을 주민들에 대한 소개령이 내려지고 11월 17일 계엄령이 발표되면서 강경 진압 작전이 전개되었어요.

주로 중산간 마을에 살고 있는 주민들이 해변 마을로 소개되었는데, 이 과정에서 마을들이 불타고 많은 주민이 살상되었지요. 무장대가 주로 산간 지대와 중산간 마을을 위주로 활동하고 있었기 때문에, 중산간 마을은 무장대와 진압 군경과의 무력 충돌 과정에서 큰 피해를 받을 수밖에 없었던 거예요. 1948년 11월 중순께부터 1949년 2월까지 약 4개월 동안 가장 많은 제주 도민들이 희생되었고, 대부분의 중산간 마을이 불에 타는 등 '초토화'되었답니다.

진압군(토벌대)은 중산간 마을의 방화에 앞서 주민들에게 소개령을 내려 해변 마을로 내려오도록 했어요. 하지만 일부 마을에는 소개령이 전달되지 않았고, 어떤 마을은 소개령이 채 전달되기 전에 진압군이 들이닥쳐 방화와 함께 총격을 가하는 바람에 남녀노소 구별 없이 희생을 당했어요. 이때 집을 잃고 겨우 목숨만 건진 주민들 가운데 일부는 두려움 때문에 해변 마을로 내려오지 못한 채 산간 지역에 은신하다가 뒤늦게 진압군에게 붙잡혀 죽기도 했으며, 중산간 마을뿐만 아니라 일부 해변 마을도 집단 살상을 당했답니다.

소개 작전을 완료한 직후 작성된 주한 미군 사령부의 기록을 보면 그 상황을 짐작할 수 있어요.

모든 저항을 없애기 위해 모든 중산간 마을 주민들이 유격대에 도움과 편의를 제공하고 있다는 가정 아래 마을 주민에 대한 '대량 학살 계획'을 채택했다. (중략) 섬에 있는 주택 중 약 1/3이 파괴됐고, 주민 30만 명 중 1/4이 자신들의 마을이 파괴당한 채 해안으로 소개당했다. 마을이 완전히 파괴되어 버린 45개 마을과 부분적으로 파괴된 43개 마을로부터 피난민들이 해안 마을의 수용소로 이동해 왔다.

왜 이렇게 색채가 어두운가요?

소설에서 어두운 색채는 암울한 내용이나 참혹한 사건 등을 나타내는 배경으로 흔히 사용돼요. 이 소설은 유난히 무채색이 많이 등장해요. 흰색과 검은색, 잿빛이 주요한 배경색이고 그 위에 붉은색이 박혀 있는 모습이라고 할까요. 푸른색도 있지만 기운이 희미해요.

흰색과 잿빛과 검은색 계통의 색은 음울한 날씨, 생명이 정지된 자연과 죽음을 나타내고 있어요.

흰색

질펀한 목장에 덮인 눈빛은 침침했다. / 싸락눈 / 메는 꼭 산디쌀밥이었다. / 굴속의 흰 뼈다귀와 흰 고무신 / 허옇게 널린 시체 / 무너진 돌담 위에 흰 무명 적삼에 갈중이를 입은 노인이 한 사람 엎어져 죽은 모양인지 꼼짝하지 않았다. / 호미 끝에 때때로 흰 잔뼈가 튕겨 나오고

'나'가 고향에 온 것도, 사람들이 학살을 당한 것도 겨울이에요. 그런 겨울에, 싸르락 싸르락 창호지 창에 싸락눈 흩뿌리는 소리가 들려올 쯤에 순이 삼촌의 죽음에 관한 이야기가 시작되지요. 산디쌀로 지

은 흰 메는 죽은 자들을 위한 밥이고요. 흰색은 깨끗함이나 하얗게 덮어주는 이미지가 아니라 음울한 거울과 읽혀 공포와 궁핍과 을씨년스러움을 나타내고 있어요.

잿빛과 검은색

음울한 구름 / 음울한 겨울철 / 삼십 년 전 군 소개 작전에 따라 소각된 잿더미 모습 / 시체를 파먹고 날아오르던 까마귀의 날갯빛 / 그 광택 있는 검은 날개빛이 마을 어른들을 잡으러 오던 서청(西靑) 순경들의 옷빛하고 너무 흡사했기 때문이었다. / 마을 동편 하늘에 까맣게 불티가 날고 있는 게 / 연기 냄새가 더욱 심하게 밀려오고 불티가 까맣게 뜬 하늘에 불 아지랑이가 어른거렸다.

검은색은 흰색과 비슷한 이미지를 담고 있어요. 무자비한 폭력과 그 끝에 죽음을 가져오는 서청 순경들의 옷빛, 죽은 사람의 살을 뜯어 먹는 까마귀들의 날갯빛, 생활의 터전인 집을 불태우고 날아오르는 잿빛 불티. 이 빛깔들은 죽음, 폭력, 파괴와 잔해를 뜻해요.

붉은색

흰 적삼에 번진 붉은 선혈이 역력했다. / 불타는 마을의 불빛이 밀려와 땅거죽이 붉게 물들었다. / 낮게 드리운 구름 떼는 불빛에 물들어 붉은 내장처럼 꿈틀거리고 / 더러운 피에 얼룩진 듯 불그림자가

붉은색은 피의 색이라서 생명과 정열을 나타내기도 하지만, 이 소

설에서는 집을 태우는 불길의 빛이고, 폭력에 희생된 사람들이 흘리는 피의 빛이에요. 죽음과 파괴와 폭력을 뜻하지요.

색깔이 부정적인 이미지로만 사용되고 있지는 않아요. 긍정적인 이미지를 나타내는 빛깔도 있어요. 푸른빛이에요. 바다와 산의 빛깔이고, 자라고 있는 보리의 빛깔이에요.

푸른빛
보리밭 / 사철나무 / 바다 / 목장

바다와 산과 들은 식량을 구할 수 있는 생명의 공간이에요. 하지만 강제 노동 때문에 어부의 주낙질과 해녀의 물질마저 허락되지 않아요. 마찬가지로 산과 목장도 무장대의 근거지가 되어 함부로 접근할 수 없어요. 들판에는 식량이 될 푸른 보리가 누렇게 될 때까지 자랐지만 수확할 시기를 놓쳐 보리 이삭이 썩어가고 들쥐가 설쳐요.

생명의 빛인 푸른빛을 꿈꾸고 있는 주민들에게 현실은 죽음의 빛깔인 흰빛, 검은빛, 붉은빛이네요.

2

참혹한 현실

왜 5·10 선거를 보이콧했나요?

5·10 선거 때 부락 출신 몇몇 공산주의 골수분자의 선동에 부화
뇌동하여 선거를 보이콧한 사건이 화근이 된 것이었다.

'5·10 선거'는 1948년 5월 10일에 실시된, 대한민국 제헌국회를 구성
하기 위한 첫 번째 국회의원 선거예요. 전국 투표율이 95퍼센트를 넘
은 선거인데, 제주도 사람들은 3곳의 선거구 가운데 2곳에서 선거를
보이콧(거부)했어요. 왜 그랬을까요?

제주도도 다른 지역과 마찬가지로 '모스크바 3상 회의'에서 결의한
것(통일된 독립국가 수립)을 3·1 운동 기념식을 통해 세계에 알리려고
했어요. 하지만 제주북국민학교 집회 이후 시내에서 행렬이 이동하는
중에 어린아이가 기마경찰에 의해 다치는 사건이 발생합니다. 그러나
기마경찰이 적절한 대응을 하지 않자 사람들이 격분해서 돌을 던졌
고, 이에 외지인 경찰이 발포하여 여섯 명이 죽게 돼요. 이후 제주 도
민들은 사건의 진상 규명과 책임자 처벌 등을 원했지만 받아들여지
지 않았지요. 그런 데다가 경찰 중에는 과거 일제강점기 때 경찰이었
던 이도 있었고, 경찰에 의한 고문과 가혹 행위로 무고한 사람들이
죽는 일까지 있던 터라 경찰에 대한 감정이 좋지 않았어요. 이런 일

들로 경찰을 포함한 공무원들, 일반 상인들, 공장에 다니는 사람들이
참여한 대규모 파업이 일어나지요.

해방 초기에 제주도는 이념적 갈등이 적었어요. 미군정에서 '정당 등
록법'을 공포해 좌익에 대한 탄압을 했지만, 제주도의 좌익(인민위원회)
은 미군정이나 경찰하고도 협조가 이루어지는 상황이었으니까요. 이런
분위기가 가능했던 것은 인민위원회를 이끌었던 사람들이 일제강점기
때 항일운동에 앞장섰던 사람들이었고, 좌익이라고 해도 남로당의 명
령을 직접 받지 않았으며, 민족주의적 성향이 강했기 때문이에요. 그런
데 대규모 파업 이후 미군정과 인민위원회 사이에 갈등이 생겨 미군정
은 좌익 인사와 참여자에 대한 처벌을 강화했어요.

그리고 당시 제주도는 경제적으로 몹시 불안한 상황이었어요. 일
본이 패망한 후 다시 제주로 돌아온 사람의 수가 5만 명이 넘었는
데, 일자리는 부족하고 원료와 기름도 모자라 대부분의 공장이 멈춰
선 상태였으니까요. 일제강점기 동안 일본에서 생활필수품을 수입하
여 사용했는데 교류가 막혀 생활필수품은 부족했고, 가구당 한 명꼴

저들은 빨갱이요!

빨갱이들은 무조건 잡아 없애야 해!

로 일본에 나가 돈을 벌어 가족들을 부양했었는데 이제는 생활이 곤란해진 가정도 많아졌어요. 이런 문제를 해결하기 위해 미군정에서는 쌀 배급을 했는데 오히려 갈등만 심해졌어요. 게다가 흉년에다 역병까지 돌아 제주도의 경제적 상황은 점점 나빠졌지요. 그래서 어떤 사람은 일제강점기가 오히려 나았다고까지 할 정도였어요.

이런 복잡한 상황 때문에 제주에서 5·10 선거가 순조롭게 진행될 수 없었어요. 하지만 미군정은 5·10 선거 실패를 좌익에 의한 쿠데타로 보고 제주도에 대한 강경 진압을 결정했지요. 당시 미군정 보고서에 따르면, 제주 도민의 60퍼센트 이상을 좌익이라고 보았어요. 또한 이승만 정부는 그보다 많은 수의 좌익 세력이 있다고 여겼지요. 제주를 '조선의 모스크바'라고 불렀다고 하면 이해가 쉬울 겁니다.

결국 5·10 선거 보이콧은 1948년부터 1954년까지 제주도를 4·3 사건이라는 역사의 소용돌이 속으로 몰고 가는 원인이 되고 맙니다.

제주 사람들을 '얕이 본' 이유는 무엇인가요?

"그렇지 않아도 육지 사람들이 이 섬 사람이랜 허민 얕이 보는 편견이 있는 디다가 이런 오해가 생겨부러시니…… 내에 참."

'얕이 본다'는 것은 '얕게 본다, 즉 낮추어서 하찮게 본다'는 뜻이에요. 육지 사람들이 제주 사람들을 얕게 본 이유는 섬에 대한 지리적·문화적 편견과 역사적인 이유 때문이에요.

제주도는 육지에서 130킬로미터나 떨어져 있는 섬이에요. 배를 타고 한참을 가야 하는 곳이죠. 그렇기 때문에 '앞선 문화와 문명을 받아들이는 데 시간이 오래 걸리고, 자연히 발달이 더딜 수밖에 없다'고 육지 사람들은 생각했어요. 그리고 사면이 바다여서 다른 지역과의 문화적 교류가 적기 때문에 문물이나 교육 수준이 떨어질 거라 여겼죠. "사람은 나면 서울로 보내고 말은 나면 제주로 보내라." 같은 말이나 "한라산에서 공을 차면 바다로 떨어진다."라는 말은 이러한 생각을 잘 보여주고 있어요.

또 다른 이유는 역사 속에서 찾을 수 있어요. 역사적으로 제주 사람들은 육지 사람들과 교류를 하면서 지내왔어요. 제주가 얕게 보이는 만만한 상대이기도 했지만, 두려운 존재였던 적도 있다는 거 아세

요? 신라 선덕여왕 때 주변국의 침략을 경계하기 위해 세웠다는 '황룡사 9층탑'을 보면 알 수 있어요. 이 탑의 각 층은 경계해야 할 아홉 개의 적을 상징하는데, 신라가 경계해야 할 나라에 탐라도 포함되어 있거든요(1층 일본, 2층 중화, 3층 오월, 4층 탐라, 5층 백제, 6층 말갈, 7층 거란, 8층 여진, 9층 고구려).

그러나 제주 사람들이 육지 사람들과 외적들에게 괴롭힘을 당해

온 세월이 훨씬 길어요. 중앙 정부에 각종 진상품을 바쳐야 했고, 탐관오리들에게도 알 수 없는 세금 명목의 진상품을 비쳐야 했죠. 반발도 하고 저항도 했지만 대부분은 진압되고 말았답니다. 저항을 주도한 사람은 죽임을 당했고요. 이런 일들이 반복되면서 제주는 괴롭혀도 되고 무시해도 되는 만만한 곳으로 여겨지게 된 거예요.

이렇듯 지리적 조건과 역사적·문화적 배경 때문에 제주는 '얕게 보아도 되는 대상'이 되어버린 것이랍니다.

수난과
저항의
제주 역사

제주는 우리나라에서 가장 오래된 신석기 유적과 유물을 간직한 곳이에요. 삼성혈 신화에 기초한 탐라국은 한반도와는 다른 건국신화가 있는 독립 왕국이었죠. 하지만 강력한 힘을 가진 육지 세력과 맞서기는 어려웠어요. 그래서 결국 고려 때에 이르러 한반도에 완전 복속이 되어버립니다.

'삼별초의 난'이라고 하는 고려시대 대몽 항쟁의 역사를 알고 있을 거예요. 삼별초 군이 제주도에 들어와서 본격적인 항쟁을 했다는 사실 말이에요. 삼별초 군을 토벌하러 여몽 연합군이 들어오면서 제주는 이들 세력의 싸움장이 되지요. 제주 사람들은 항파두성을 쌓거나 군함을 만드는 일에 동원되었어요. 그리고 갑자기 들이닥친 이들을 상전으로 모셔야 했으니 많이 힘들었을 거예요.

삼별초의 난이 진압되고 100여 년 동안 제주는 몽고의 직할 통치지가 되었어요. 몽고인들에 의한 수탈의 역사가 시작된 것이지요. 제주 사람들이 아직도 나쁜 사람을 일컬어 '몽골 놈'이라고 할 만큼 시달렸던 거예요.

고려시대 마지막 시련은 원나라가 망한 후에 닥쳐왔어요. 고려 정부에서 제주에 있던 원나라의 잔존 세력들이 일으킨 '목호의 난'을 진압하려고 최영 장군을 파견했던 거예요. 이게 왜 시련이냐고요? 이때 최영 장군이 거느리고 간 군인이 2만 5000명이 넘었다고 해요. 당시 제주 인구와 맞먹는 수의 군인이 들어간 거지요. 이들이 제주에서 벌인 전투가 거의 한 달 동안이나 계속되었어요. 그러면서 제주 백성들도 많이 죽었다고 해요.

조선이 건국되면서 제주는 더욱 중앙 정부에 종속되었어요. 중앙 정부에서 파견된 관리들은 제주 백성을 위한 정치를 펴는 사람들도 있었지만 가렴주구를 일삼는 사람도 많았어요. 이를 견디기 힘들었던 제주 사람들은 남해안으로 이주하기도 했답니다. 그러나 진상품이 축소되고 각종 세금이 줄어드는 것을 우려한 조선 정부는 인조 7년(1629년)부터 순조 말인 1830년대까지 200여 년간 제주 사람들에게 '출륙 금지령'을 내려서 육지와의 교류를 막아버렸어요. 육지와의 교류가 끊기면서 생활용품 등 물자 공급이 끊기게 되어 제주 사람들은 어려운 생활을 해야 했지요. 섬이기 때문에 당해야 했던 고통이었어요.

도피자와 공비, 폭도는 어떻게 다른가요?

> 도피 생활을 하느라고 마침 마을을 떠나 있어서 화를 면했던 남정
> 네들이 군경을 피해 다녔으니까 도피자가 틀림없겠지만 그들도 공
> 비는 아니었다.

도피자를 공비, 폭도와 같은 사람으로 취급하기도 했지만, 사실은 전혀 달라요. 일명 '무장 유격대'를 칭하는 공비와 폭도는 같은 말이에요. 제주 4·3 사건 당시 제주도 중산간 지대에서 총과 죽창 등으로 무장하여 군경에 대항했던 사람들이지요. 주로 군경들은 이들을 '공비'라 불렀고, 민간인들은 '폭도'라 불렀어요. 반면 도피자는 4·3 사건 때 목숨을 부지하기 위하여 군경과 공비(폭도)를 피해 다녔던 사람들이에요.

이 소설 속에서 도피자는 살기 위하여 이리저리 도망 다녔던 대다수의 제주 민중들이에요. 군경의 입장에서 보면 이들은 산으로 도망가서 공비들과 합류했던 사람으로, 공비와 똑같은 사람들이었지요. 그래서 군경은 도피자들을 '비무장 공비'라 하여 무자비하게 처형하기도 했습니다. 그리고 공비(폭도)들은 자신들에게 협조하지 않거나 군경과 서청에게 협조하는 사람들을 적대시하여 죽이기까지 했어요.

그러다 보니 젊은 남자들은 산으로 도망가거나 일본 등지로 도피하기도 했지요. 군경도 공비도 제주 민중들에게는 하나같이 무섭고 두려운 존재였으니까요. 그러니 당연히 그들로부터 도망치고 싶다는 생각이 들었을 겁니다.

이들 도피자는 4·3 사건 당시 군경에 의한 토벌이 본격화하면서 생겨났어요. 공비 토벌을 위하여 해안에서 5킬로미터 이상 중산간 마을에 소개령이 내려지고 해안 마을로 강제 이주가 이루어질 때, 일부 사람들은 소개령을 따르지 않고 삶의 터전인 마을에 그냥 남기도 했어요. 이들은 군경 등 토벌대가 오면 위협을 느껴 주변에 있는 오름이나 동굴로 피신을 했는데, 숨어 있던 이들이 군경에게 발견되면 '도피자' 혹은 '비무장 공비'라 하여 체포되거나 죽임을 당했답니다. 소개령을 따르지 않은 것을 공비와 내통하는 것이라고 간주했던 것이지요. 이들은 단순히 살기 위하여 도피한 사람들이었기 때문에 '단순 도피자'라고 해요.

그런데 이들 도피자 중에는 자신이 살기 위해 어쩔 수 없이 남에게 해를 입힐 수밖에 없었던 '가해자형 도피자'도 있었어요. 군경의 강요로 무장대의 가족들을 지명하거나 도피자들이 숨은 곳을 군경에게 알려주기도 했거든요. 이들 때문에 억울하게 희생된 사람들도 있죠. 그렇다고 이들을 무조건 나쁘다고 말할 수는 없어요. 왜냐하면 그들도 강요에 의해 어쩔 수 없이 그랬던 것이기 때문이죠. 그렇게 살아남은 이들이 겪었을 심리적·정신적 고통도 적지 않았을 거예요. 어쩔 수 없이 해를 입힌 사람이나 그로 인해 해를 입은 사람이나 모두가 비극적 역사의 피해자인 셈입니다.

〈순이 삼촌〉에서 순이 삼촌과 순이 삼촌의 남편, '나'의 아버지, 폐병쟁이 종철이 형, 완식이 아버지, 철동이네, 현모 형 등은 단순 도피자에 속하는 인물들이에요. 가해자형 도피자에 속하는 인물은 구체적으로 등장하지 않습니다.

종조부님이 돌아가신 이유는 무엇인가요?

우리 종조부님도 사건 석 달 전에 부락 출신 공비의 대창에 찔려 돌아가셨다. 당시 1구 구장이던 종조부님은 밤중에 내려온 마을 출신 폭도들로부터 식량을 모아달라는 요구에 고개를 흔들었던 것이다.

종조부님은 경찰과 공비 양쪽에게 시달림을 받다가 억울하게 돌아가셨어요. 당시 중산간 마을에 있던 사람들은 낮에는 경찰에게, 밤에는 공비에게 시달리며 밤낮으로 고통을 겪고 있었어요. 그저 자신이 살던 마을에서 원래 살던 대로 살아가고 있었을 뿐인데 말이지요. 이렇게 양쪽이 괴롭히는 상황에서 경찰과 공비 어느 한쪽 편을 들기는 힘들었을 거예요. 그러다 결국 억울한 죽음을 당하고 말았지요.

종조부님은 폭도(공비)들에게 식량을 빼앗아 가달라고 부탁하셨어요. 왜냐하면 나중에 경찰로부터 공비에게 협조했다는 이유로 피해를 당하지 않기 위해서였지요. 하지만 공비들은 협조하지 않았다는 이유로 대창으로 종조부님을 찔러 죽이고 맙니다.

종조부님뿐만 아니라 종철이 형의 죽음도 당시 사람들의 억울한 죽음을 잘 보여주고 있어요. 경찰들이 도피자라고 찾던 종철이 형은

폐병을 앓고 있었는데 공비가 습격해 온 밤에 궤 뒤에 숨어 있다가 기침을 몹시 하는 바람에 발각되어 내장에 찔려 죽었어요. 경찰이 공비라 생각했던 사람이 오히려 공비에게 죽임을 당하게 된 것이지요. 헛간 멍석 세워둔 틈에 숨어 있다가 공비의 대창에 맞아 죽은 완식이 아버지도 경찰이 찾던 도피자였어요. 한편 공비들로부터 약탈을 당하지 않았던 철동이네 집은 다음 날 경찰로부터 공비와 내통했을 것이라는 오해를 받아 화를 당하기도 했어요.

이처럼 밤에는 공비들이 나타나 입산하지 않는 자는 반동이라고 대창으로 찔러 죽이고, 낮에는 함덕리의 경찰이 와서 도피자 검속을 하니, 결국 마을 남자들은 낮이나 밤이나 숨어 지낼 수밖에 없었어요. 이 때문에 몇몇 사람은 일본으로 밀항하기도 하고, 다른 지방으로 피신하기도 했지만, 대부분의 남자는 마을에 그대로 있었지요. 공비에도 쫓기고 경찰에도 쫓겨 갈팡질팡하다가 결국 한라산 아래 목장으로 올라가 굴속에 피난하기도 했답니다. 그런데 남자들이 마을을 비우니 경찰은 자연히 공비들에게 합류한 것으로 오해하게 되고 마을을 공비의 소굴이라 여기게 됩니다. 이것이 마을 사람들을 무차별하게 죽이는 끔찍한 사건이 일어나게 된 이유 중의 하나라고 볼 수 있어요.

결국 공산주의 사상과는 전혀 관계가 없었던 종조부님을 비롯한 마을 사람들은 경찰과 공비의 양쪽 틈에서 억울한 피해를 당할 수밖에 없었던 거예요. 그리고 군과 경찰에서는 이렇게 죽은 사람들마저도 공비를 소탕한 성과로 여겼어요. 더욱 안타까운 것은 당시 상황과 명백하게 관련이 없는 어린아이나 노인들마저도 무차별적 피해를 당했다는 거예요.

아홉 살 난 아들을 잃은 ○○○ 씨의 증언

그날 남편과 조카는 미리 피신했고 나는 아홉 살 난 아들, 세 살 난 딸과 함께 집에 있었습니다. 날이 막 밝아올 무렵에 총소리가 요란하게 났습니다. 그러나 설마 사람을 죽일 거라고는 생각하지 못했습니다. 난 집으로 들어와 불을 붙이는 군인들에게 무조건 "살려줏서, 살려줏서." 하며 손으로 막 빌었어요. 그러나 군인들은 나를 탁 밀면서 총을 쏘았습니다. 세 살 난 딸을 업은 채로 픽 쓰러지자 아홉 살 난 아들이 "어머니!" 하며 내게 달려들었어요. 그러자 군인들은 아들을 향해 또 한 발을 쏘았습니다. "이 새끼는 아직 안 죽었네!" 하며 아들을 쏘던 군인들의 목소리가 지금도 귓가에 쟁쟁합니다. 아들은 가슴

을 정통으로 맞아 심장이 다 나왔어요. 그들은 인간이 아니었습니다. 그들이 나가버리자 우선 아들이 불에 탈까 봐 마당으로 끌어낸 후 담요를 풀러 업었던 딸을 살폈지요. 그때까지만 해도 딸까지 총에 맞았으리라곤 생각지 못했습니다. 그런데 등에서 아기를 내려보니 담요가 너덜너덜하고 딸의 다리는 손바닥만큼 뻥 뚫려 있었습니다. 내 옆구리를 관통한 총알이 담요를 뚫고 딸의 다리까지 부숴놓은 겁니다. 그 후 숲에 가서 한 열흘쯤 숨어 지내다 보니 해변 마을로 내려오라는 연락이 와서 조천리로 내려갔습니다. 난 지금도 허리를 못 쓰고 딸은 지금까지도 잘 걷지 못하는 불구자입니다. 그 전에 피하라든지 해안으로 내려가라든지 하는 아무런 연락이 없었습니다. 밤중에 못된 군인들이 갑자기 달려들어 쥐도 새도 모르게 한 일이라 그날 많이 죽은 겁니다.

'그날 죽은 사람 수효'는 왜 모르나요?

그날 죽은 사람 수효는 이날 이때 한 번도 통계 잡아보지 않으니,
내에 참. 내 생각엔 오백 명은 넘은 것 같은디

소설 속 배경이 되는 서촌 마을 사건을 비롯하여 4·3 사건 때 수많
은 제주 사람들이 억울하게 죽었어요. 미군정과 이승만 정부의 묵인
하에 이루어진 군경 토벌대의 무차별적인 진압 작전과 6·25 전쟁이
벌어지면서 실시된 예비 검속(범죄를 저질렀을 가능성이 있는 사람을
미리 잡아놓는 일) 때문이었지요. 하지만 그것에 대해 누구도 책임을
지지 않았고, 진상을 밝히려고도 하지 않았어요. 심지어 그 일과 관
련된 얘기를 하는 사람을 '빨갱이'로 몰았고, '연좌제'라는 굴레를 덧
씌우기도 했답니다.

 4·3 사건 뒤에 6·25 전쟁이 이어지면서 사회 분위기가 '반공'으로
물들어 버렸어요. 그래서 더더욱 그때 일을 말하기 어려워졌지요. 게
다가 반공 이데올로기는 국가가 저질렀던 폭력과 살상을 정당화하는
구실을 했답니다. 언론에서조차 4·3 사건에 관한 내용을 거의 보도
하지 못했어요. 심지어는 억울한 원혼을 달래려는 '굿'마저 감시를 당
했지요.

1960년 4·19 혁명이 일어날 때까지 제주도는 '빨갱이 섬'이라는 누명을 쓰게 되었고, 4·3 사건 자체를 언급하지 않아야 살 수 있었던 거예요. 1960년 국회에서 타 지역의 양민 학살 사건 조사단 구성이 의결되자, 제주에서도 4·3 사건 진상 규명을 요구하는 여론이 일어났어요. 여론이 점점 커지자 국회 조사단이 제주 현지에서 조사를 하게 됩니다. 그러나 조사단은 스스로 만든 보고서가 불완전하다는 이유로 국회 본회의 보고를 철회해요. 국회 조사단의 활동은 점점 흐지부지되다가 7·29 총선이 다가오자 점점 관심에서 멀어졌지요. 그러다가 1961년 반공을 국시로 하는 5·16 군사 쿠데타가 일어나면서 진상 규명은 암흑 속으로 빠져들어요. 계속되는 극우 반공 체제 하에서 4·3 사건은 언급 자체가 금기가 되어버렸답니다.

1978년 현기영이 〈순이 삼촌〉을 발표하여 금기를 깼지만, 진상 규명으로 곧바로 연결되지는 못했어요. 1980년대 민주화 투쟁 과정에서 진상 규명 운동이 본격화됐지요. 학계에서 연구가 되기도 하고요. 그러다 1999년 12월 16일 국회에서 '제주 4·3 특별법'이 통과되고, 2000년 1월에 대통령이 공포했어요. 2002년에는 1만 4028명의 희생자 접수자 중에서 1715명이 정부에 의해 처음으로 희생자로 인정되었어요. 2003년에는 4·3 평화공원이 착공되었고, 〈제주 4·3 사건 진상 조사 보고서〉가 나왔어요. 보고서 안에는 55년 전 발생한 4·3 사건에서 국가 권력의 잘못을 사과하는 내용이 포함된 대통령 발표문이 있어요.

〈제주 4·3 사건 진상 조사 보고서〉에 의하면, 인명 피해를 2만 5천 명에서 3만 명으로 추정할 수 있다고 해요. 이는 당시 제주도 인구의 십분의 일이 넘는 수입니다. 그리고 이 보고서에서는 "한국 현대사에서 한국전쟁 다음으로 인명 피해가 많았던 비극적 사건"이었고, "80퍼센트에 가까운 희생자가 군경 토벌대에 의해 죽음을 당했다."라고 밝히고 있답니다.

제주에서 '중산간'은 어디인가요?

겔쎄, 나도 중산간 부락민들을 해안 지방으로 소개시키는 데 참가
했었쥬마는……

제주에서 '중산간'은 일명 '산불근 해불근(山不近 海不近, 산에도 가깝
지 않고 바다에도 가깝지 않다.)'이라 불리는 곳으로, 해안과 산간의 중
간 지역을 말해요. 이 지역에 자리 잡은 마을을 '중산간 마을'이라 하
고요.

　제주의 마을은 '해변 마을'과 '중산간 마을'로 나눌 수 있어요. 행정
적(제주도개발특별법 제2조)으로 '중산간'이란 "표고(해발고도) 200미터
등고선에서 표고 600미터 등고선 사이의 지역"을 말해요. 하지만 통
상 해변에서 약 5킬로미터 이상 떨어진 지역의 마을을 '중산간 마을'
이라고 부르고 있어요. 그리고 5킬로미터 미만 지역의 마을이라 하더
라도 해변을 따라 형성된 일주도로변의 마을보다 산 쪽에 위치해 있
으면 보통 '중산간 마을'이라 해요.

　제주의 마을은 특이한 형태를 띠고 있어요. 제주도는 한라산의 화
산 활동에 의해 생겨난 섬이기 때문에 섬 전체가 화산암으로 이루어
져 있지요. 그래서 물이 땅 밑으로 쉽게 스며들고 지하에 모여 흐르

다가 해안가에서 땅 위로 다시 올라오는데, 이를 '용천수(湧泉水)'라 해요. 마을이 생겨나는 데 가장 중요한 요소인 물이 해안가에 많이 있기 때문에 제주의 마을은 대부분 해안에 자리 잡고 있어요.

제주의 시작과 관련된 '삼성혈 신화'에서도 세 사람이 땅에서 솟아나왔고, 바닷가에서 함을 열었더니 세 처녀, 망아지와 송아지, 오곡 씨앗 등이 있어 결혼하고 농사를 지으며 살기 시작했다고 되어 있어요. 삼국시대 마을 유적들이 출토되는 장소를 볼 때, 선사시대 때부터 제주 사람들은 해안 지대에 살기 시작했고 이는 고려시대 이전까지 변화가 없었음을 알 수 있어요. 하지만 고려시대에 삼별초의 대몽항쟁이 고려와 몽골 연합군에 의해 평정된 후 제주는 원나라의 직할지가 되었고, 제주도에 몽골식 목장이 들어서게 되면서 중산간 지대에 사람들이 살기 시작하게 된 것이지요.

또한 조선시대에는 왜구의 잦은 침입으로 해안보다 안전한 내륙 지역에서 사람들이 살기 시작했어요. 제주목에서 대정현, 정의현으로

이어지는 관도(官道, 국가에서 관리하는 길)가 형성되면서 그 주변으로 마을이 생겨나기도 했지요. 또한 중앙 정치를 떠나 피난 오거나 유배된 양반들이 제주도에 들어와 중산간 지역에 살기 시작하면서 새로운 마을을 형성하기도 했으며, 해안 지역의 인구가 늘면서 농사 짓는 땅이 부족해져 내륙 지역의 땅을 개간하면서 중산간 마을이 생겨나기도 했답니다.

하지만 안타깝게도 제주도 중산간 마을은 4·3 사건으로 많이 없어졌어요. 그래도 1960년대 이후로 중산간 마을의 복구가 시작되었고, 목축 단지와 과수원 등이 만들어지고 관광지가 개발되면서 중산간 지역의 마을들이 발전할 수 있었답니다.

잃어버린 마을

1948년 11월부터 시작된 중산간 마을 초토화 작전으로 중산간 마을 95퍼센트 이상이 불타 없어졌고 많은 사람이 희생되었어요. 결국 이 강경 진압 작전으로 생활의 터전을 잃은 중산간 마을 주민 2만 명가량이 산으로 내몰리게 되었지요.

4·3 사건 이후 오랜 기간에 걸친 난민 정착 복구 사업의 실시에도 불구하고 원주민들이 복귀하지 않아 폐허가 되어버린 마을이 제주도 각지에 생겨났어요. 이를 4·3 사건으로 소실된 마을, 곧 '잃어버린 마을'이라고 해요.

제주 4·3 사건 실무위원회에서는 2001년과 2002년 두 해에 걸쳐서 제주 도처의 '잃어버린 마을' 84곳을 조사 및 확인했어요. 그리고 이들 '잃어버린 마을' 가운데 각 읍·면별로 자세한 조사를 거친 대표적인 마을을 선정하여 두 차례에 걸쳐 표석 세우기 사업을 추진했어요. 표석 내용 가운데 마을별 피해 상황, 폐촌 경위만을 추려서 몇 개 소개하면 다음과 같아요.

무등이왓

여기는 4·3 사건의 와중인 1948년 11월 21일 마을이 전소되어 잃어버린 남제주군 안덕면 무등이왓 터이다. (중략) 4·3으로 무등이왓(130호)에서 약 100명, 삼밧구석(46호)에서 약 50명, 조수케(6호)에서 6명이 희생되었다.

빌레가름

이곳은 1948년 11월 7일 4·3 사건으로 마을이 전소되어 잃어버린 남제주군 남원읍 한남리 빌레가름 터이다. 4·3의 광풍은 이 마을에도 여지없이 불어닥쳐 마을이 전소되었으며 주민들은 거린오름 기슭이나 서중천 주변에 흩어져 몸을 숨기며 한 치 앞도 보이지 않는 절망감에 몸부림을 쳐야 했다. 이 와중에 25명이 희생되었고 후대가 끊긴 가호만도 5호가 된다. 1953년 한남리가 현재의 리사무소를 중심으로 재건되면서 남아 있는 100여 명의 주민들은 그때의 비극을 되살리고 싶지 않아 빌레가름으로 돌아오지 않고 오늘에 이르렀다.

어우눌

여기는 1948년 초겨울 4·3 사건으로 마을이 전소되어 잃어버린 제주시 오라동의 한 자연마을, 어우눌 마을 터이다. (중략) 이 마을에서는 당시 주민 100여 명(호수 23호) 중 약 13명이 희생되었다.

여자가 주인공인 이유는 무엇일까요?

> 그들은 또 여맹(女盟)이 뭘 하는지도 모르는 무식한 촌 처녀들을
> 붙잡아다가 공연히 여맹에 가입했다는 혐의를 뒤집어씌우고 발가
> 벗겨 놓고 눈요기를 일삼았다. 순이 삼촌도 그런 식으로 당했다.

4·3 사건으로 여성들은 죽음의 공포와 성폭력 피해뿐만 아니라, 가
장을 잃은 상황에서 가족의 생계를 떠맡아야 하는 고통까지 겪어야
했어요. 그리고 그 모든 아픔과 상처를 오랫동안 견디며 힘겹게 살았
지요. 이와 관련해서 순이 삼촌은 4·3 사건으로 인한 여성의 수난을
대표하는 인물이라 할 수 있을 거예요.

  4·3 사건과 여성들이 당한 수난(그 가운데서도 성폭력)은 여러 면에
서 닮았어요. 첫째, 4·3 사건과 당시 여성들이 당한 성폭력 피해가 외
부로부터 격리(고립)된 공간에서 벌어진다는 점이에요. 4·3 사건은 본
토와 떨어져 연락이 통제된 상황에서 이루어졌고, 여성의 성폭력 피
해도 다른 사람에게 도움을 구할 수 없는 상황에서 이루어지니까요.
둘째, 권력을 등에 업은 가해자가 나약한 피해자에게 행한 일방적 폭
력이라는 점이에요. 셋째, 은폐되기 쉬운 사건이라는 점이에요. 4·3
사건도 30여 년 이상 국가의 억압에 의해 진상을 밝히지 못한 채 은

폐되어 왔고, 성폭력 또한 피해자가 수치스러움 때문에 밝히기를 꺼리지요. 넷째, 피해자에게 심각한 정신적 후유증을 안겨주었다는 점이에요.

4·3 사건 당시 여성들이 겪은 수난을 좀 더 자세히 알아볼게요.

먼저 고문 실태를 보면, 토벌대는 도피자의 가족이라는 이유로, 또는 중산간 마을의 주민이라는 이유로 여성을 잡아다 옷을 벗긴 채 고문을 했어요. 그리고 전기 고문을 하여 허위 자백을 강요하기도 했고요. 순이 삼촌도 남편의 행방을 대라고 닦달당하며 옷이 벗겨지기도 하고 도리깨로 머리가 깨어지도록 얻어맞기도 했습니다.

또한 여성은 보복적 차원의 학살 대상이 되기도 했는데, 임산부와 갓 출산한 여성까지 학살을 당했습니다. 서청을 비롯한 토벌대는 제주 도민을 모두 빨갱이로 여기고 없어져야 할 대상으로 보았을 뿐만 아니라 임신한 여성의 배 속 아이까지도 빨갱이의 종자라고 생각했던 거예요.

이뿐만이 아니에요. "밭에서 혼자 김매는 젊은 여자만 보면 무조건 냅다 덮친다는 소문"처럼, 마을에 남아 있던 여성들은 토벌대에게 강제 연행되어 성폭행을 당했고, 서청의 폭력과 위협으로부터 가족을 지키기 위해 서청과 원하지 않는 결혼을 해야 하는 경우도 있었어요. 토벌대의 다수를 차지하고 있던 서청은 월남 당시 경제적 기반이 취약했기 때문에 제주도에 안착하려는 목적으로 재력 있는 집안의 여성을 강제로 아내로 맞이하거나 여성을 성적 대상으로 여겨 여자의 의사와 상관없이 강제 결혼을 하기도 했답니다.

4·3 사건으로 인한 여성의 수난은 여기서 끝나지 않았어요. 여성

들은 남성들이 죽거나 도피해 버린 마을에서 잃어버린 삶의 터전을 일구고 시역 공동체를 복원하며 남은 가족의 생계를 책임져야 하는 힘겨운 삶을 살아가야 했어요. 무장대를 막기 위해 성을 쌓고 보초를 서는 일, 군경이 먹을 것을 장만하는 일, 불타 버린 집을 짓고 마

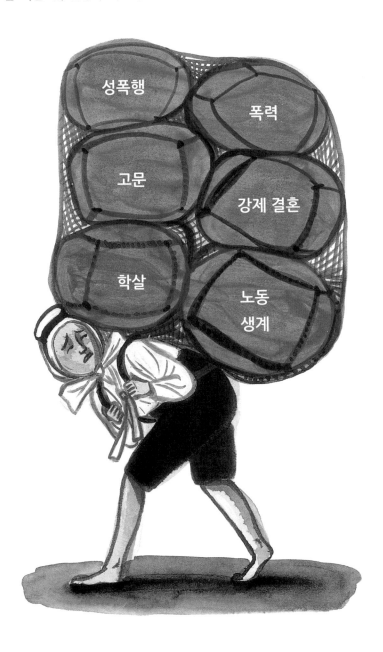

을을 다시 세우는 일, 가족의 먹거리를 장만하는 일까지…… . 순이 삼촌 역시 옴팡밭을 일구며 홀로 아이를 낳아 키우는 힘겨운 삶을 이어나가지요. 또한 여성은 자녀를 키우면서 '호래자식'이나 '빨갱이 자식'이라는 소리를 듣기도 하고 사회적 편견과 멸시 속에서 4·3 사건의 아픔을 삼켜야 했어요.

이처럼 여성들은 4·3 사건으로 이중 삼중의 고난을 겪을 수밖에 없었고, 폭력 앞에 무기력하게 당할 수밖에 없었어요. 그렇기 때문에 4·3 사건으로 인한 수난의 모습을 가장 잘 드러내는 존재이기도 하지요. 그래서 '순이 삼촌'을 주인공으로 내세운 것이랍니다.

3

지
속
되
는
아
픔

왜 '끔찍한 이야기'를 되풀이하나요?

하도 들어서 귀에 못이 박힌 이야기. 왜 어른들은 아직 아이인 우리에게 그런 끔찍한 이야기를 되풀이해서 들려주었을까?

'끔찍한 이야기'는 4·3 사건에 얽힌 이야기를 말해요. 그 사건을 겪으면서 마음속에 맺힌 응어리와 억울하고 답답한 마음을 풀고 싶어서 되풀이해서 말하는 것이지요. 동시에 왜곡된 사실을 공식적 역사로 강요하는 것을 바로잡으려는 의도도 있어요. 나아가 그 일을 교훈으로 삼아 다시는 이런 일이 되풀이되지 않기를 바라기 때문일 수도 있답니다.

친척들이 모인 이유는 바로 30년 전의 그 일 때문에 죽어간 사람들의 제사를 지내기 위해서예요. 여느 제삿집처럼 밤이 깊어가면 친척 어른들 사이에서는 돌아가신 분들에 관한 이야기가 자연스럽게 나오기 시작해요. 그러면 이야기는 그때 무슨 일이 있었는지로 이어지지요. 누가 동네 사람들을 한곳으로 모이게 만들었는지, 온 동네 사람이 어떻게 죽어갔는지, 누가 마을에 불을 지르게 했는지, 왜 시체는 두 달이 지나도록 수습할 수 없었는지, 그 일이 있은 후에 어떻게 살아왔는지…….

제삿집에 모인 사람들은 각자의 입장이 다르더라도 누구에게나 당시에 겪은 일은 엄청난 사건이었어요. 그래서 30년이라는 긴 시산이 지났어도 머릿속과 마음속에 새겨진 그 당시의 기억이 지워지지 않는 것이지요. 그런데 그 일을 직접 보고 겪었던 어른들이 알고 있는 진실과 다르게, 공식적 역사 기록에서는 아무 죄도 없이 죽어간 수많은 가족과 친척과 동네 사람들을 '폭도의 자식'이나 '빨갱이'라고 싸잡아 얘기했어요. 그리고 사회적으로 그 당시의 일을 드러내는 일은 절대 용납되지 않았고요. 당시의 진실을 말했다가는 남모르게 끌려가 곤욕을 당하는 시절이었으니까요. 개인이 겪은 진실과 공식 역사로 강요되는 사실이 다를수록 마음속의 상처는 깊을 수밖에 없어요. 답답함을 풀어낼 길이 없으니까요.

공식적인 역사 기록은 사회적인 기억을 만들고 자리를 잡아가는데, 피해자들이 기억하고 있는 진실과 달라요. 공식적 역사 기록이 자신이 경험한 기억과는 다른데도 침묵을 강요당했기 때문에 피해자들은 큰 마음의 상처를 안고 있어요. 하지만 개인적 기억들을 드러낼 수 없으니 사회적인 힘을 얻지 못하지요. 하지만 기억을 눌러 지우려는 힘이 커질수록 사실을 바로잡으려는 마음도 점점 자라나고 더욱 커집니다.

그 기억을 공유하고 있는 사람들끼리 만나는 제삿집에서는 진실을 말할 수 있어요. 모인 사람이 모두 친척이고, 겪었던 사람은 모두가 진실을 알고 있으니까요. 제삿집에서나마 평소에 말할 수 없었던 일들을 기억의 저 깊은 곳에서 끌어올려 말하게 돼요. 당시의 일을 말로 재현하고 만신창이로 어렵게 살았던 삶을 되짚어 보는 거예요.

　　개인이 기억하는 진실을 서로 이야기하는 것만으로도 조금이나마 마음의 상처를 치유하는 계기가 되었을 거예요. 진실을 말함으로써 답답함을 풀어가는 것이죠. 그리고 진실을 다음 세대에 전해주고 공식적 역사 기록을 바로잡기를 바라는 마음을 담은 것이고요.

국사 교과서 속의 4·3 사건

공식적 역사 기록은 학술 서적, 역사 교과서, 영화, 언론 매체, 기념관, 기념비, 기념물, 기념 의례 등을 통해 재현돼요. 그 중 공식적 역사 기록의 입장을 가장 잘 보여주는 것이 학교 교육에서 사용되는 교과서라고 할 수 있어요. 그동안 국가가 발행한 교과서를 살펴보면 4·3 사건을 어떻게 평가했는지 알 수 있어요.

2003년에 발행한 국가 공식 기록인 〈제주 4·3 사건 진상 조사 보고서〉에서는 제주 4·3 사건을 다음과 같이 정의했어요.

1947년 3월 1일 경찰의 발포 사건을 기점으로 하여, 경찰·서청의 탄압에 대한 저항과 단선·단정 반대를 기치로 1948년 4월 3일 남로당 제주도당 무장대가 무장 봉기한 이래 1954년 9월 21일 한라산 금족 지역이 전면 개방될 때까지 제주도에서 발생한 무장대와 토벌대 간의 무력 충돌과 토벌대의 진압 과정에서 수많은 주민들이 희생당한 사건

위 내용을 국가에서 발행한 국사 교과서에 실린 내용과 비교해 보세요.

제3차 교육과정(1974년~1981년)
북한은 남한의 공산주의자를 사주하여 제주도에서의 폭동과 여수, 순천에서의 반란을 일으키게 하였다.

제4차 교육과정(1981년~1987년)
북한 공산주의자들은 대한민국 내의 정치적 불안정, 경제적 취약점을 이용하여 교란 작전을 폈다. 남한의 공산주의자들을 사주하여 제주도 폭동 사건과 여수·순천 반란 사건을 일으켰다. 제주도 폭동 사건은 북한 공산당의 사주 아래 제주도에서 공산 무장 폭도가 혁명하여 국정을 위협하고 질서를 무너뜨렸던 남한 교란 작전 중의 하나였다. 공산당들은 도민들을 선동하여 폭동을 일으켰고, 한라산을 근거로 관공서 습격, 살인, 방화, 약탈 등 만행을 저질렀다. 그러나 그 후

우리나라는 군경의 활약과 주민들의 협조로 평온과 질서를 되찾았다.

제5차 교육과정(1987년~1992년)
대한민국 정부 수립을 전후하여 그들은 제주도 4·3 사건, 여수·순천 반란 사건 등을 일으켰다. 제주도 4·3 사건은 공산주의자들이 남한의 5·10 총선거를 교란시키기 위해 일으킨 무장 폭동이었다. 그들은 한라산을 근거로 관공서 습격, 살인, 방화, 약탈 등의 만행을 저질렀다. 그러나 군경의 진압 작전과 주민들의 협조로 평온과 질서를 되찾았다.

제6차 교육과정(1992년~1997년)
공산주의자들은 5·10 총선거를 전후해서 단독 정부 수립을 반대한다는 구실로 남한 각지에서 유혈 사태를 일으켰다. 이러한 상황 속에서 발생한 제주도 4·3 사건은 공산주의자들이 남한의 5·10 총선거를 교란시키기 위하여 일으킨 무장 폭동으로서, 진압 과정에서 무고한 주민들까지도 희생되었으며, 제주도 일부 지역에서는 총선거도 실시되지 못하였다.

이승만 정부는 국가에 의한 폭력 사실을 최소화하고 은폐할 수 있는 최적의 정치 수단으로 반공 이데올로기를 이용했어요. 당시는 반공 이데올로기가 절대화된 사회였기 때문에 누구도 학살의 부당함을 말할 수 없었어요. 이런 역사 인식은 반공을 국시로 하여 5·16 쿠데타로 정권을 잡은 박정희 정부에 이어졌고, 그들은 4·3 사건을 북한 공산주의자들이 남한 공산주의자들을 사주하여 일으킨 폭동으로 서술했어요. 4차 교육과정에서는 '북한 공산당이 사주한 남한 교란 작전'이라고 했어요. 이는 5차 교육과정까지 이어졌어요. 다만, 5차에서는 그 전에 '제주도 폭동 사건'이 '제주도 4·3 사건'으로 바뀌었어요. 6차에서는 '무고한 주민들까지도 희생되었'다는 내용이 포함되었지만 여전히 '공산주의자들이 일으킨 무장 폭동'으로 서술되고 있어요.
이후 7차 교육과정에 들어서면서 이전과 달리 여러 종류의 한국 근현대사 교과서가 발행되면서 교과서를 집필한 사람마다 4·3 사건에 대해 조금씩 다른 견해를 보이고 있습니다.

4·3 사건을 겪은 사람들의 반응이 왜 다른가요?

4·3 사건에 대한 반응은 성년기에 4·3 사건을 겪은 세대(지금은 노인 세대)와 유년기에 겪은 세대(지금은 젊은 세대)가 상당히 달라요. 노인 세대는 사건을 묻어두자고 하고, 젊은 세대는 사건의 진실을 밝혀야 한다고 해요. 고모부로 대변되는 폭력 주체의 입장은 당시 그럴 수밖에 없었음을 이해해 주기를 바라고 있고요.

성년기에 4·3 사건을 경험한 큰아버지를 비롯한 노년층은 이에 대해 이야기하는 것을 무척 두려워하고, 그냥 묻어두는 것이 낫다고 생각해요. 그래서 4·3 사건을 말할 때 목소리를 낮추거나 주위를 두리번거리기도 합니다. 국가 권력의 잔인함과 무자비함을 직접 겪었기 때문에 무의식적으로 공포와 두려움을 갖게 된 것이지요. 과거의 지배세력과 반공 사상이 엄연히 존재하고 있는 한, 4·3 사건을 언급하면 국가 권력의 보복이 있을지도 모른다고 생각해요. 주동자를 밝혀낸다고 해도 달라질 것이 없다는 패배의식과 오히려 또 다른 형태로 보복을 당할지 모른다는 피해의식 속에서 살고 있는 것이지요. 그러다 보니 모든 것을 '시대를 잘못 만난 탓'으로 돌리고 그저 순응하며 살아남는 것이 가장 현명한 방법이라고 젊은이들을 설득하고 있는 것입니다.

　하지만 유년기에 4·3 사건을 겪은 세대인 '나'와 길수 형은 명확하게 사건의 진상을 밝혀야 한다고 강력하게 주장해요. 대개 유년의 체험은 성년의 체험에 비해 피해의식이나 생존에 대한 집착이 적다고 해요. 어린 시절에는 상황을 파악할 능력이 없었지만 성장하면서 사건의 의미를 분석하고 문제의 본질을 꿰뚫을 수 있는 안목이 형성된 것이지요. 길수 형은 격렬한 목소리로 주장을 펼치고 있어요. 지금이라도 4·3 사건의 진실을 밝히고 문제를 해결해야 한다고요. 젊은 세대는 4·3 사건을 공식적으로 정리하지 않고 세월이 흐르면 진실이 왜곡되고 사라질지도 모른다는 위기감을 갖고 있어요. 국가적으로 강력하게 금기한 사건이므로 이대로 시간이 지나가면 개인적인 기억은 차츰 희미해지고 진실이 왜곡될 뿐 아니라, 증언할 사람들이 하나둘 사라질 것이기 때문이에요. 증언할 사람과 심판받을 사람이 살아 있는 현 시점에서 사건을 밝혀야 한다는 것이지요. 또 길수 형은 사건의 주모자를 밝히는 것도 중요하지만, 그러한 사건이 은폐되고 방치된다면 그런 일이 또 다른 형태로 다시 일어날 수 있다는 것을 힘주어 말하고 있어요.

　고모부는 서청 출신이기 때문에 폭력을 행사한 주체의 입장을 합리화하고 있어요. 그들이 제주 도민에게 감정적이고 적대적일 수밖에 없었던 이유가 있었음을 이해해 주기를 바라는 입장이지요. 사건을 파헤치다 보면 서청의 행적이 드러날 것이기 때문에, 제주도에 정착해서 잘 살고 있는 고모부가 갖고 있는 기득권이 위협을 받을 수도 있다는 심리적 불안감이 드러난 것이라고 볼 수도 있어요.

이렇게 반응이 다양한 것은 4·3 사건의 진실이 밝혀지지 않았기 때문이에요. 원인 규명은 물론 피해자와 가해자도 분명하게 가려지지 않았고, 사건의 전개 과정에서 발생한 문제들 역시 불투명하게 묻혀 있는 상황이에요. 〈순이 삼촌〉 발표 이후 25년이 지나 〈제주 4·3 사건 진상 보고서〉가 나왔지만, 보고서에서도 역사적 평가가 객관적으로 이루어졌다고는 보기 힘듭니다.

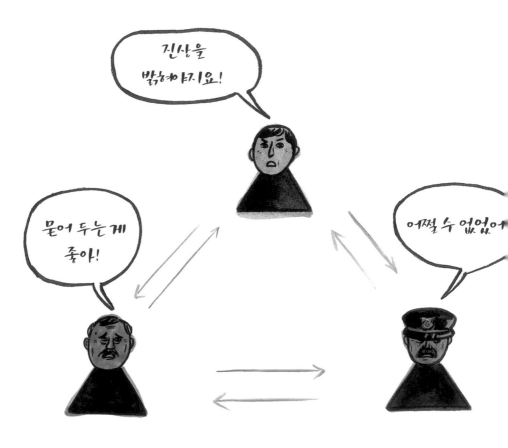

왜 30년 동안 한 번도 고발하지 않았나요?

누구에게나 폭력은 두려운 것이에요. 그런데 그 폭력의 주체가 동네 불량배 정도가 아니라 국가라면 두려움으로 끝날 문제가 아니에요. 일반적인 폭력은 경찰에 신고하면 해결되지만 경찰이나 군대 등 국가 기관이 폭력을 행사하면 그 피해를 호소할 곳이 없어요. 가슴속에 묻어둘 수밖에요.

4·3 사건 진압을 위해 이승만 정부가 내세운 것은 '반공'이었어요. 반공의 논리로 모든 것을 덮었지요. 언론은 '빨갱이'를 '죽어 마땅한 자', '죽여도 되는 자'라는 뜻으로 받아들이게 보도했어요. 이 반공의 논리는 이승만 정부에서 군사 쿠데타로 정권을 잡은 박정희 정부로 이어졌지요. '빨갱이'라는 말이 한번 붙으면 절대 뗄 수가 없었고, 본인만이 아니라 본인과 관계된 많은 사람이 피해를 입었어요. 이른바 '연좌제'라는 이름으로 말이지요.

4·3 사건이 벌어지고 있을 당시에는 가족 중 한 사람만이라도 그 딱지가 붙으면 가족은 물론 친척과 친구들까지도 피해를 입고 죽어 갔어요. 피해를 직접 당한 사람도, 그것을 보고 들은 사람도 고발은 커녕 입도 열 수 없었지요. 입을 열었다가는 자신이 빨갱이로 몰리니까요. 국가 폭력은 이렇게 사람들을 옥죄었어요. 그리고 피해가 유가

족에게 대물림되었지요.

　이 전근대적이고 비인간적인 연좌제는 행정적인 차원에서 직간접으로 연대책임을 지워왔어요. 가족이나 친척 중에 사상범이 있으면 피해가 자신에게까지 미친 것이지요. 제주 도민과 희생자 유가족들은 법적 근거도 없이 감시당하고 사회 활동에 제약을 받았어요. 주변에서 연좌제의 피해를 당하는 것을 자주 보다 보니 4·3 사건에 대해서 입을 열 수가 없었지요.

　1980년대 이후에야 우리나라에서 법적으로 연좌제가 없어졌어요. 그러나 현실은 쉽게 바뀌지 않았지요. 2001년 노인대학에서 북경으로 해외여행을 갈 때, 4·3 사건 때 사상범이었다는 이유로 혼자만 비자 발급이 안 되어 항의했던 할아버지도 있었으니까요. 그 할아버지는 군대에 가서 5년 5개월을 복무했는데도 그런 피해를 당했어요. 현실이 이러니 제주 도민이 연좌제에 대하여 가지고 있는 피해의식이 쉽게 없어지기 힘들었을 겁니다.

순이 삼촌은 왜 옴팡밭을 벗어나지 못하나요?

그 옴팡밭에 붙박인 인고의 삼십 년. 삼십 년이라면 그럭저럭 잊고 지낼 만한 세월이건만, 순이 삼촌은 그러지를 못했다.

'옴팡밭'은 순이 삼촌이 일하던 일상적인 공간이에요. 그런데 4·3 사건이 일어나면서 그곳은 자신이 죽을 뻔한 공간, 한순간에 두 자녀를 잃은 공간, 수많은 이웃이 죽어간 공간으로 바뀌어버립니다.

그 이후로 옴팡밭은 순이 삼촌에게 여전히 삶의 터전이긴 했지만, 그날의 비극적 기억이 고스란히 남아 있는 공간이기도 해요. 옴팡밭에서 겪은 학살의 기억은 그녀를 30년 동안 옴팡밭에 죄수처럼 붙잡아 얽어맬 뿐 아니라 스스로 자신의 삶을 마감하게 만들지요.

그날의 기억으로 순이 삼촌의 삶이 어떻게 변화(파괴)되었는지, 그 변화가 무엇을 의미하는지 살펴볼까요?

순이 삼촌은 마을 사람들이 무참하게 학살된 현장인 자신의 옴팡밭에서 두 아이를 잃고 혼자만 살아남았어요. 그 충격으로 낮에는 '콩 볶는 듯한 총소리'의 환청을 듣기도 하고, 군인이나 순경을 멀리서만 봐도 지레 겁을 먹고 피하는 등 신경증 증세를 보이기도 하지요. 그리고 홀로 아이를 낳아 기르며 힘들게 30년간 옴팡밭을 일구고 사는 순이 삼촌은 '녹슨 납 탄환'과 '흰 잔뼈'가 끊임없이 튀어나오는 옴 팡밭에서 수시로 그날의 기억을 떠올리며 정신적·육체적 후유증에 시달려요. 그러다 콩을 훔쳤다는 누명을 쓴 사건 때문에 환청 증세가 더욱 심해지고 지나친 결백증과 피해의식에 사로잡힌 행동을 보이게 되지요. 서울에 있는 '나'의 집에 온 순이 삼촌이 밥 많이 먹는 식모라 고 다른 사람들이 자기를 흉본다고 화를 내거나, 아무도 탓하지 않 았는데도 생선 구운 석쇠까지 방 안으로 가져와서 생선 부서진 것이 자기의 탓이 아니라고 말하는 것은 이 때문이에요. 순이 삼촌은 자신 을 힘들게 하는 옴팡밭을 벗어나고자 서울로 올라갔지만 그녀의 상 처는 치유되지 못한 채 다시 옴팡밭으로 돌아옵니다. 순이 삼촌에게 옴팡밭은 치유받지 못한 비극적 기억이 새겨진 곳이며, 자식이 둘이 나 묻혀 있는 한 맺힌 장소이고, 어떻게든 살아가야 하는 생활 공간 이었기 때문에 숙명처럼 벗어날 수가 없었던 것이지요.

순이 삼촌처럼 심각한 정신적 상처를 입은 사람들이 정상적인 사회 생활을 하기 위해서는 반드시 치유의 과정을 거쳐야 합니다. 그러려면 그들을 둘러싸고 있는 사회가 그 사람들의 상처와 아픔을 공감하고 애도할 수 있어야 하겠지요. 그러나 30년 동안 국가가 폭력적으로 사 건의 기억을 덮고 진실을 말하는 것을 억압했기 때문에 순이 삼촌은 상처가 치유되지 않은 상태로 살아왔고, 현재의 삶마저도 위협받게 된 것입니다.

그러니까 순이 삼촌이 죽은 원인은 '30년 전의 해묵은 죽음'이란 표현에서 알 수 있듯이 4·3 사건의 수난으로 인한 심각한 정신적 후 유증 때문인 것이지요. 순이 삼촌이 겪은 참혹하고 비극적인 체험은

그녀에게 육체적·정신적으로 끊임없이 고통을 일으켰고, 결국 '유예된 죽음'의 방식으로 자살을 택하도록 이끈 것이에요.

순이 삼촌은 4·3 사건의 비극성과 제주 도민의 상처를 총체적이고 상징적으로 보여주는 인물이에요. 작가는 순이 삼촌을 통해 4·3 사건 당시 제주 도민이 당한 대학살의 비극이 현재의 삶마저도 힘들게 하는 현재 진행형이라는 것을 말하고 있어요. 또한 순이 삼촌이 과거의 상처를 온전히 치유하지 못하고 옴팡밭에서 스스로 생을 마감하는 것은 제주 도민의 상처가 그만큼 쉽사리 치유되기 힘든 것이며 그 고통이 여전히 계속되고 있음을 드러내는 것이랍니다.

넓게 읽기

작품 밖 세상
들여다보기

시대

작가

작품

작가 이야기
현기영의 생애와 작품 연보, 작가 더 알아보기

시대 이야기
1940년대 후반

엮어 읽기
4·3 사건을 다룬 현기영의 소설들

다시 읽기
의인의 길

독자 이야기
문학 기행 감상문

독자

현기영의 생애와 작품 연보

1941(1월 16일) 제주에서 태어남.

1955(15세) 중학교 1학년 때, 마음에 상처로 남은 우울한 가족사를 담은
단편 〈어머니와 어머니〉가 제주도 '학생 문예 대상'을 받으면서
국어 선생님의 눈에 띄어 본격적인 문학 수업을 받게 됨.

1960(20세) 오현고등학교를 졸업함.

1967(27세) 서울대학교 사범대학 영어교육과를 졸업함.

1969(29세) 캠퍼스 커플이었던 양정자 시인과 결혼함.

1970(30세) 서울 광신중학교와 서울대학교 사범대학 부속중학교에서 교사
생활을 시작했으며, 이후 20여 년간 교직 생활과 창작 활동을 같
이 함.

1975(35세) 동아일보 신춘문예에 〈아버지〉가 당선되어 등단함.

1976(36세) 단편 〈동냥꾼〉, 〈소드방놀이〉를 발표함.

1978(38세) 제주 4·3 사건을 다룬 〈순이 삼촌〉을 발표하면서 제주도의 민
중사를 본격적으로 다루는 문제 작가로 문단의 주목을 받음.

1979(39세) 단편 〈도령마루의 까마귀〉, 〈해룡 이야기〉를 발표함.

1983(43세) 조선시대 말 제주도에서 발생했던 '방성칠란'과 '이재수란'을 다
룬 장편 《변방에 우짖는 새》를 발표함.

1984(44세) 〈길〉(1981), 〈어떤 생애〉(1983), 〈아스팔트〉(1984) 등의 작품을
잇달아 발표하면서 역사적 수난기에 처한 제주 민중의 삶을 치
밀하게 탐색해 '4·3 작가'로 불리게 됨.

1989(49세)   문학 활동과 더불어 '제주 4·3 연구소' 소장과 '제주 사회문제 협의회' 회장을 역임함.
1932년 잠녀 항일 투쟁을 다룬 장편《바람 타는 섬》과 작가 내면의 은밀한 자기 고백을 담은 수필집《젊은 대지를 위하여》를 발표함.

1990(50세)   《바람 타는 섬》으로 '제5회 만해문학상'을 수상함.

1994(54세)   단편 7편과 희곡 1편을 담은 창작집《마지막 테우리》를 발표함.

1999(59세)   자전적 성장소설《지상에 숟가락 하나》를 발표함.
한국 현대사를 아우르는 서사성과 제주도의 자연을 묘사한 서정성이 조화를 이룬 작품으로 평가되어 '제32회 한국일보 문학상'을 수상하였다.

2002(62세)   자연 풍광과 저자의 생활 등을 담은 수필집《바다와 술잔》을 발표함.

2009(69세)   현대사의 이면을 조명한 장편《누란》을 발표함.
《지상에 숟가락 하나》에 박재동 화백의 익살스럽고 해학 넘치는 삽화를 더한 청소년판《똥깅이》를 발표함.

2013(73세)   '제12회 아름다운 작가상'을 수상함.
4·3 사건 65주년 기념으로 〈순이 삼촌〉이 연극으로 공연됨.

2014(74세)   《똥깅이》가 '제주 시민이 뽑은 올해의 책'으로 선정됨.

2016(76세)   산문집《소설가는 늙지 않는다》를 발표함.

2023(83세)   제주 역사에 관한 이야기를 담은 장편《제주도우다》를 발표함.

작가 더 알아보기

현기영 인터뷰

작가로서 정식으로 발표한 첫 소설이 〈순이 삼촌〉으로 알고 있습니다. 4·3 사건을 다룬 소설인데, 4·3 사건은 선생님께 어떤 의미인가요?

제가 40년간 작품 활동을 했는데 그 중 삼분의 일이 4·3 사건에 대한 이야기예요. 제 독자들은 저를 '4·3 작가'라고 하는데, 사실 제가 4·3 사건만 쓴 건 아니에요. 삼분의 이는 4·3 사건 이외의 것을 썼는데도 불구하고 저를 4·3 작가라고 하는 것을 보면 현기영이라는 작가가 4·3 사건 이야기를 쓴 것이 중요했던 모양이에요.

제가 처음 쓴 게 〈순이 삼촌〉인데, 1975년도에 좀 늦게 문단에 데뷔하고 보니까 그 전에 깊게 생각하지 않았던 4·3 이야기가 제주도민의 트라우마이자 후유증이라는 걸 알게 되었어요. 그래서 '4·3 사건에 대한 얘기를 쓰지 않으면 안 되겠구나.' 하는 생각이 들더라고요.

사실 4·3은 저에게도 적잖은 정신적 상처를 줬습니다. 그래서 늘 우울증에 시달렸고 그 때문에 말도 많이 더듬었어요. 지금은 어느 정도 치유가 된 상태이긴 하지만 아직도 말하는 게 그다지 신통치는 않아요. 어쨌든 그 당시엔 말을 무척 더듬었어요.

말 더듬는 버릇은 대학교에 입학해 술을 배우면서 치유가 됐어요. 술을 마시니까 억압됐던 내면, 콤플렉스로 꽉 억압되어 있던 내면이 드러나는 거예요. 4·3이 준 억압이었겠죠. 또 불행하고 가난했던 과거가 남긴 일종의 참혹함이라고 할까요? 어린 시절의 참혹함이 제 가슴에 응어리를 만들어놓았다는 걸 알게 되었어요. 그런데 술을 마시니까 그런 응어리들이 풀어지는 거예요. 그렇게 풀어지는 것이 좋았어요. 그래서 이젠 빼도 박도 못할 모주꾼, 술꾼이 된 거죠. 지금까지 살아올 수 있었던 건 어쩌면 술 때문이었다고도 말할 수 있을 거예요.

4·3은 저 자신뿐만 아니라 생존한 제주 도민들도 똑같이 앓고 있는 트라우마였기 때문에 그 억압을 풀어주는 일이 필요했어요. 그런데 그걸 모든 사람이 술로만 풀 수는 없는 거 아니겠어요? 그래서 제가 책임감을 가지고 글을 쓰기 시작한 겁니다. 4·3에 관한 글을 쓰면 가슴속에 어떤 해방감이 몰려왔어요. 어떻게 보면 나 자신의 해방을 위해서, 나의 내면과 다른 사람의 억압을 깨뜨리기 위해서 4·3 사건을 쓰기 시작한 거죠.

끔찍한 고문도 당하셨다고 들었습니다. 그렇게 힘든 일을 겪으면서 문학을 포기하고 싶다는 생각은 안 드셨나요?

〈순이 삼촌〉이 1978년에 발표되고 그 이듬해 책으로 나왔어요. 4·3 사건이 일어난 지 30년 만이었는데, 그때까지 한 번도 4·3 사건 관련한 고발이 없었어요. 제가 작품을 통해 처음으로 고발한 것이죠. 그러니까 당연히 끌려가서 고초를 당할 수밖에요. 그런 글 쓰고서

무사하리라고 생각하지는 않았어요. 그때 3일 동안 고문을 당하고 한 달 동안 삼옥에 갇혀 있었는데, 저를 국가보안법으로 묶지를 못했어요. 국가보안법으로 저를 묶는다면 재판을 통해서 4·3 사건이 온 국내에 다 알려지게 되니까요. 그래서 저를 재판에 회부할 수는 없고 다른 방법이 없으니까 고문을 한 거였죠.

한 달쯤 지나서 멍든 곳과 상처 난 데가 아무니까 내보내 주더라고요. 하지만 그 고통과 후유증으로 1980년 한해는 절필했어요. 그런 상태로는 더 이상 글을 못 쓰겠더라고요. 그렇다고 문학을 그만둘 생각은 안 했어요. 1년이라는 시간을 보내고 나니까 '어떻게든 문학은 해야지.' 하는 마음이 들었고, 어느새 저도 모르게 다시 펜을 들고 있었어요. 문학은 저에게 호흡이나 숙명과도 같은 것이죠.

특별히 애착이 가는 작품이 있다면 소개해 주세요.
제가 태어나서 중학교 졸업할 때까지의 이야기를 담은 《지상에 숟가락 하나》예요. 제 성장소설이기도 한데 그 때문인지 유난히 애착이 가고, 또 독자들이 많이 사랑해 줘서 베스트셀러가 됐죠. 과거나 지금이나 인간으로 성장하는 모습은 다 비슷한가 봐요. 그 책은 일본어로도 번역이 됐는데 일본 청년들도 우리와 똑같은 경험을 얘기하더라고요. 어린 시절의 이야기가 비슷하다며 많이들 공감해 주었어요. 저의 다른 작품에서는 제주도의 풍경을 역사적 사실의 보조 수단으로 참혹하게 그려냈는데, 《지상에 숟가락 하나》에서는 제주도의 서정적이고 아름다운 풍경을 어린아이의 관점에서 있는 그대로 담아냈죠.

124

부인이신 양정자 시인과는 대학 시절 캠퍼스 커플이었다고 들었습니다. 두 분은 어떻게 만나셨나요? 또 부인의 작품 세계에 대해서도 한 말씀 부탁드립니다.

대학교 1학년 마치고 군에 입대했고 제대하고 돌아와서 2학년으로 복학을 했어요. 복학하고 나니까 같은 반에 양정자란 친구가 있더라고요. 자연스럽게 3년 동안 한 교실에서 공부했고 친해지게 됐죠. 가까운 학우들 중에 문학을 하겠다는 사람은 그 친구하고 나밖에 없어서 더욱 마음이 통하게 되었을 거예요. 다른 사람들은 교수가 되거나 사회로 나가는데, 문학 하겠다는 이는 그 친구밖에 없어서 둘이 사귀게 되었죠. 돌아보니 그 세월이 40년이네요.

제가 아내에게 끌린 건 지적인 매력 때문이에요. 외모도 중요하지만 사실 지적인 매력도 큰 부분을 차지하거든요. 저는 지적인 부분도 성적 매력 중의 하나라고 봐요. 말이 통하고 지적 대화를 나눌 수 있다는 것이 그때는 그렇게 좋더라고요. 저도 교사 생활을 했지만 아내는 정년 퇴임을 할 때까지 교사 생활을 계속했어요. 그리고 가정을 돌보고 아이들을 키우면서 꾸준히 시를 썼어요.

아내의 시는 소박해요. 아름다운 소품을 만들어내는 것처럼 일상생활에서 우러나오는 이야기를 시로 썼죠. 《아내의 일기》와 《아이들의 풀잎노래》는 베스트셀러였어요. 그 시집은 지금까지도 사람들이 찾는 책이죠. 사실 시와 소설은 다른 장르인데 만약 둘이 같은 장르를 선택했다면 서로 관계가 불편했을 거예요. 만약 양정자 시인이 나처럼 소설을 썼다면 우리가 서로 우열을 따질 수도 있지 않았을까요? 누가 더 잘 쓰고 누가 더 못 쓰고 이러면서 말이죠. 장르가 다르니까 서로를 존중하며 작품을 써왔던 것 같습니다.

지금의 시대를 어떻게 보시나요? 이 시대에 우리가 지켜내야 할 가치는 무엇일까요?

요즘은 너무 빨리 달리죠. 빨리 달리는 것을 KTX에 비교할 수 있을 것 같아요. 옛날에는 부산에 가려고 열차를 타면 객창에서 풍경을 바라보며 넉넉히 즐기면서 갈 수가 있었는데, 요즘 열차는 너무 빨라요. KTX의 속도는 무서울 정도예요. 빠른 속도로 달려가니까 지나가는 풍경들이 전부 깨져버려요. 볼 수가 없어요. 그러니까 창밖 풍경을 눈여겨볼 수도 없고, 의미 부여는커녕 순식간에 현재가 과거로 달려가 버리는 거죠. 우리의 현재가 그렇게 지나가 버리는 거예요. 그래서 과거는 아무 의미 없이 축적되고 있어요.

노벨 문학상이 대단한 것은 아니지만 두 명의 여성 노벨 문학상 수상자에 관한 이야기를 소개해 드리고 싶습니다. 한 분은 토니 모리슨(Toni Morrison)이라는 미국 흑인 여성 작가예요. 이 작가는 자기가 태어나기 백 년도 훨씬 전인 링컨 시대, 남북전쟁 시대 바로 직전, 흑인이 백인에 의해서 너무나 가혹하게 노예로 살았던 시대의 이야기를 아주 훌륭한 미학적 장치와 예술적 장치를 가지고 글을 썼어요. 그것이 《사랑받은 사람(Beloved)》이라는 작품이에요. 그녀의 글에서는 남북전쟁 당시의 이야기가 마치 현재 일어난 것처럼 리얼하게 나오고, 그 고통이 그대로 전달되고 있어요. 그녀는 왜 그 이야기를 썼을까요? 그건 현재와도 관계가 있기 때문이에요. 지금도 흑인이 백인하고 동등한 대접을 받고 있는 게 아니거든요. 그녀는 과거의 이야기를 꺼내서 현재를 말하고 있는 거예요. 뿌리를 보여주는데 그게 그렇게 감동적인 것이죠. 우리나라의 예를 들어볼까요?

"6·25, 그거 언제 적 얘기야? 그 얘기를 왜 또 꺼내? 그걸로 어떻게 작품을 만들어?" 이렇게 나오잖아요. 참 안타까운 현실이죠.

또 한 사람은 루마니아 여류 작가 헤르타 뮐러(Herta Muller)란 사람인데요, 2009년에 노벨 문학상을 받았죠. 이 사람은 니콜라에 차우셰스쿠 치하의 독재 시절, 루마니아 인민공화국의 거친 상황을 묘사해서 상을 받았어요. 우리나라로 친다면 박정희 독재를 방불케 할 정도로 굉장히 억압이 심했는데 그 이야기를 써서 노벨 문학상을 받고 지금도 계속해서 써나가고 있어요. 그런데 우리는 자유를 억압받던 그 당시의 삶, 서민의 삶과 지식인의 삶 그 자체가 굉장히 중요한 문학적 모티프인데도 이것을 제대로 형상화한 사람이 없는 거예요. 물론 굉장히 힘들고 어렵겠지만 연구하면 좋은 문학이 나올 텐데 말이에요. 그런데 버리고 있어요. 그러면 안 되거든요. 우리 젊은 작가들이 나서서 글을 써야 해요. 작가는 글로써 발언해야 돼요. 당장 소설이 안 나오면 에세이라도 써야 하는 거예요. 그것이 진정한 작가 정신이죠. 그 정신을 잊지 말라는 부탁을 드리고 싶어요.

진정한 작품은 우리의 자유가 억압되거나 고통스러울 때 나오는 겁니다. 고통의 산물이 작품으로 나와야 해요. 그래서 어떤 정치적 재난이나 억압이 작가에게는 지옥이 아니라 천국이라고 말할 수 있어요. 그 단련된 불 속에서 비로소 진정한 작품이 나오니까요.

- 출처 : 네이버 캐스트

1940년대 후반

이승만, 단독 정부 추진 시사

해방 1년이 다 되도록 정부 수립이 어려움을 겪고 있는 가운데, 저명한 정치 지도자 이승만(71)이 남쪽만의 단독 정부 수립을 추진할 뜻을 밝혀 논란이 예상된다. 이승만은 이날 전북 정읍에서 "통일 정부를 고대하나 여의치 않으니 남방만이라도 임시 정부 혹은 위원회 같은 것을 조직하여 삼팔선 이북에서 소련이 철퇴하도록 세계 공론에 호소하여야 할 것"이라고 말했다. 이번 발언은 모스크바 3상 회의 결정에 따라 임시 정부 수립 등을 논의하던 미소공동위원회가 분명한 성과를 내지 못하고 지난달 6일 무기 휴회에 돌입한 상황에서 나온 것. 북쪽에서 김일성(34)을 중심으로 북쪽만의 급속한 개혁 조치가 감행되는 가운데 남북이 딴살림을 차리는 것이 아닌가 하는 의구심이 증폭되고 있다. (1946)

우왕좌왕 통행 규칙, 헷갈리네

미군정이 4월 1일부터 새 통행 규칙을 적용함에 따라 사람들이 말 그대로 우왕좌왕하고 있다. '전차와 자동차는 오른쪽, 사람은 왼쪽으로'(우왕좌왕) 통행하라는 것이 새 규칙의 핵심. 차와 사람 모두 좌측통행하던 방식에서 차량 통행만 오른쪽으로 바꾼 것이다. 1906년 12월 1일 이후 차와 사람은 모두 우측통행하도록 돼 있었다. 그러나 일제는 1921년 12월 1일부터 차, 사람 모두 좌측통행하도록 규정을 바꿨다. 좌측통행을 하는 일본에서 온 이들이 불편을 호소했기 때문. 미군정이 이를 다시 '우왕좌왕'으로 바꿨지만, 수십 년 동안 몸에 밴 습관이 하루아침에 바뀌기는 어려운 노릇이다. 게다가 40년 사이에 '우왕좌왕'에서 '좌왕우왕'으로, 다시 '우왕좌왕'으로 바뀌어 사람들은 더 헷갈리고 있다. (1946)

제주도 전 공무원 총결속 파업에 돌입?

군정 실시 이래 처음 보는 공무원의 일제 파업 사건이 제주도에서 발생되었다 한다. 파업의 동기는 지난 3·1 운동 기념 행사 때 사망 6명, 부상자 8명(당국 발표)을 낸 사건이 발생된 것을 계기로 하여 도민의 민심이 동요되어 오던 바 드디어 12일부터는 경찰관, 검찰청 직원을 제외한 제주도 전 관공서의 공무원까지도 결속하여 경찰 책임자의 사직과 발포 경관을 사형에 처하라는 요구 조건을 내걸고 총파업에 돌입할 기운이 농후하다는데, 경무 당국에서는 전남에서 200명, 전북에서 100명의 경관을 급파하여 사태에 대처하였다 한다.

(1947)

서북청 성명

지난 8일 서북청년회 본부에서는 방송국 사건, 광주서중 사건, 여운형 씨 살해 사건에 대하여 다음과 같은 요지의 담화를 발표하였다.

- 방송국 사건 - 엄정 중립하여야 할 방송국이 적색(赤色) 마수에 휩쓸리려는 것을 미연에 방지한 경찰에 대하여 탄복하는 바이며, 이 외에도 각 공공 기관 파괴 음모를 철저히 조사하여 처벌하기 바란다.
- 광주서중학교 사건 - 모 당의 지령을 받고 광주서중학교에 방화한 불순 학생은 경찰에 체포되었는데, 동교 애국 학생들은 주야 교대하여 수비 중이다.
- 여운형 씨 살해 사건 - 여운형 씨 살해 사건에 대하여 좌익에서는 우익에 책임을 전가시키려 갖은 역선전을 다 하나, 체포된 범인의 진술에 따라 좌익계의 동지 살상이라는 것이 백일하에 폭로되었다. (1947)

제주도 폭동 현지 답사 - 정선수 기자의 일기

5월 1일. 오늘이 메이데이다. 노동자의 날이다. 만국의 노동자는 이날을 노동자일로 정하고 서로 즐겨 하며 기뻐하고 이날을 축하하는 것이다. 이날 제주도에는 그와는 반대의 현상이 벌어진 것이다. 무고한 노동자 농민을 몰아세우고 노동자 농민 자신들의 집을 불살라 버리고, 노동자를 학살하고 노동자 농민의 가정을 파괴한 것이다. 과연 누가 피해를 입으며 누구의 손해인가? 따지고 따져 보면 결국 그네들 자신의 손실일 것이다. 그들 자신의 손해는 결국 조선의 손해가 아닌가? 아! 통탄할 노릇이다. 이날도 역시 어제나 그제에 다름없이 이곳 제주에는 동족 살해의 참상이 전개된 것이다.

낮 2시 반, 100여 명의 폭도가 오라리를 습격 중이라는 정보를 접한 제주 감찰청 박근용 부청장은 엄숙히 명령하는 것이다. 이리하여 가장 용감하다고 알려진 간부 후보생으로 편성된 1소대는 박계현 소대장에 인솔되어 트럭 2대에 편승하여 현장으로 달린 것이다. 기자의 동행도 허락된 것이다. 때마침 이들의 장도를 전송하려고 나왔던 문용채 제1구서장은 트럭 가까이 달려와서 자신의 권총을 기자에게 내주며 "만일을 위하여……"라고 친절을 보여준다. 권총을 둘러메니 벌써 소름이 끼치고 머리털이 선다.

서남으로 약 20분 달리니 언덕 너머에서는 인가가 불타는 듯 각처에서 검은 연기가 맑은 하늘에 오르고 있다. 일동은 총의 안전장치를 풀고 대기다. "앗!" 그 부락을 들어가는 고개 아래에 다다랐을 때 일동은 무의식중에 소리를 지르고 말았다. 우리가 지나는 도로 5미터쯤 떨어진 밭에 피투성이가 된 중년 이상 되는 이가 목이 잘리어 넘어져 있지 않은가! 그리고 넘어져 있는 부인의 시체에서 얼마 떨어지지 않은 길가에는 얼마 전의 소란하던 것을 말하는 듯 광주리에 담았던 비기, 그릇, 밥상, 옷때기 등의 살림살이가 산산이 깨어져 흩어져 있지 않은가!

그러나 이것을 거둘 여가 없는 일행은 그대로 고개를 넘어서 부락 한가운데에서 멈추어 하차를 하여 일대는 앞으로 나가고 일대는 좌우와 후방의 경계를 맡았다. 이러는 순간 어디서인지 총소리가 "팡!" 하기 시작하더니 연달아 폭도 측의 발사가 계속된다. 기자도 '하마터면' 하는 고비를 몇 번이나 넘기었다. "팽!" 하는 기분 나쁜 울림을 내며 총알은 기자의 모자를 스치고 그리고 또 양귀를 깎을 듯 지나가는 총탄 아래서 기자는 들었던 붓대를 동댕이치고 허리에 찼던 권총을 내뽑아 안전장치를 풀었다.

교전 세 시간. 그동안 기자는 총탄에 맞아 거꾸러지는 폭도배를 인정하였다. 이때 기자의 머리는 무거워졌다. 경찰에서 총을 쏘지 않으면 안 될 이유가 어디 있으며 경찰을 향하여 총을 쏘지 않으면 안 될 이유가 어디에 있는가! 아아! 도민은, 아니 조선인은 하루바삐 제주의 땅, 아니 우리의 땅에도 화평의 신이 찾아와 주시기를! 그리하여 이 땅 이 제례에 독립의 영광과 행복이 누리어지기를! (1948)

총선거에 이천만 궐기

남조선의 총선거로 중앙 정부가 수립되면 입지의 여지가 없을 공산당 계열의 반동 도배와 그들과 야합한 무정견의 일부 정객들이 전력을 기울여 선거를 반대하기 위하여 가지가지의 허무맹랑한 유언비어를 날조하여 그들의 선전 기관을 통하여 대대적으로 선전하는 한편, 모략과 파괴와 살인, 방화, 협박 등을 감행하려 하고 있다. 그러나 전진하는 역사의 수레바퀴를 뒤로 돌리려는 그들의 모략과 선전에 넘어갈 애국 동포가 그 몇 사람이나 될 것이랴? 우리는 천혜의 기회를 결사적으로 투표함으로써 새로운 민족의 발전과 국제 평화를 가져올 것이니, 모처럼 얻은 권한과 의무를 충실히 이행하지 않는다고 하면 길이

천추에 원한을 남기게 될 것을 냉철하게 자각하여야 할 것이다. 또 선량한 대표를 선출하기에 마지막 정성과 노력을 기울여서 국가 재건의 초석을 이루어야 할 것이다. (1948)

무허가 통행자는 총살

보병 제9연대장은 10월 17일부로 다음과 같은 포고문을 발표하였다.

본도 치안을 파괴하고 양민의 안주를 위협하여 국권 침범을 기도하는 일부 불순분자에 대하여 군은 정부의 최고 지령을 봉지(奉持)하여 차등 매국적 행동에 단호철추를 가하여 본도의 영원한 평화를 유지하며 민족 만대의 영화와 안전의 대업을 수행할 임무를 가지고, 군은 극렬분자를 철저 숙청코자 하니 도민의 적극적이며 희생적인 협조를 요망하는 바이다. 군은 한라산 일대에 잠복하여 천인공노할 만행을 감행하는 매국 극렬분자를 소탕하기 위하여 10월 20일 이후 군 행동 종료 기간 중 전도 해안선 5킬로미터의 지점 및 산악 지대의 무허가 통행금지를 포고함. 만일 이 포고에 위반하는 자에 대하여서는 그 이유 여하를 불구하고 폭도배로 인정하여 총살에 처할 것임.

(1948)

백범 김구 피살

6월 26일 낮 1시 20분 무렵 서대문 경교장에서 네 발의 총성이 울리고 백범 김구가 쓰러졌다. 중국에서 임시 정부를 이끌었던 백범 김구의 최후였다. 2년 전 여운형에 이어 김구까지 암살되자 시민들은 더없이 슬퍼하는 분위기다. 현장에서 잡힌 암살범은 육군 소위 안두희. 지주의 아들로 월남해 우익 테러 단체에서 활약한 안두희는 단독 범행이라고 진술했지만 친일파가 요직을 차지하고 있는 경찰이 배후에 있다는 주장이 설득력을 얻고 있다. 일각에서는 이승만 대통령 관련설까지 제기되고 있다. 이 같은 배후설은 최근 정국과 맞닿아 있다. 경찰은 6일 반민족행위 특별조사위원회를 습격해 무력화했고, 이승만 대통령은 오히려 친일 경찰을 비호했다. 또한 집권 세력은 4월 말 '국회 프락치 사건'을 일으켜 소장파 의원들을 북쪽의 간첩(프락치)으로 몰아붙이고 있다. 그러나 일각에서는 소장파 의원들이 친일 세력 청산, 농지 개혁 등을 주장하며 정부와 대립하자 이를 겨냥해 이번 사건이 조작되었다는 분석도 나오고 있다. (1949)

4·3 사건을 다룬 현기영의 소설들

현기영은 제주도의 역사적 사건을 소재로 한 작품을 통해 민중의
역사를 재조명한 작가로 평가되는 제주 출신 소설가예요. 특히 4·3
사건을 소재로 쓰여진 소설들은 그의 작품 세계를 가장 잘 보여주
고 있습니다. 30여 년의 문학적 여정에서 일관되고 치열하게 다루는
소재이니까요.

그가 지금까지 펴낸 세 권의 중·단편집 《순이 삼촌》, 《아스팔트》,
《마지막 테우리》에는 4·3 사건을 소재로 하는 현기영의 작품들이
담겨 있어요. 이 작품들은 4·3 사건의 진실에 정면 도전한 작품이
라는 공통점을 지니고 있지요. 이 작품들은 몇 가지 관점에 따라
나누어 볼 수 있답니다. 4·3 사건을 그대로 재현하여 보여주는 작
품, 4·3 사건의 비극이 과거형이 아니라 현재 진행적 성격을 지니고
있음을 보여주는 작품, 그리고 4·3 사건의 극복과 화해의 과정을 그

린 작품, 마지막으로 치유와 귀환의 모습을 보여주는 작품이 그것이에요.

1. 4·3 사건의 역사적 재현

여기에 속하는 작품은 4·3 사건이라는 비극적 체험의 현장을 재현하고 증언하는 성격을 띠고 있어요. 동시에 4·3 사건이라는 대학살의 역사적 현장에서 고통과 상처를 받은 민중들의 모습을 드러내고 있지요. 해당 작품으로는 〈도령마루의 까마귀〉, 〈잃어버린 시절〉, 〈거룩한 생애〉, 〈쇠와 살〉 등을 들 수 있어요.

〈도령마루의 까마귀〉는 입산자를 토벌하기 위해 소개된 중산간 마을의 한 여성이 겪는 고난과 비극을 다룬 작품이에요. 아이에게 젖을 물리지 못해 죽어가는 아이를 그냥 쳐다볼 수밖에 없는 비참한 생활과 전략촌 축성 작업에 강제 동원되어 쉴 수도 없는 고단했던 참상을 보여주고 있지요.

〈잃어버린 시절〉은 일제 말에서 해방 후의 격동기를 거쳐 4·3 사건이 절정으로 치닫는 단계까지를 배경으로 하고 있어요. 어린 소년 종수의 눈을 통해 당시 민중들의 억압과 수난의 현실을 고발하고 있답니다.

〈거룩한 생애〉는 열세 살에 물질을 배우기 시작한 잠녀 간난이의 일생을 통해 일제강점기 현실에서부터 해방 후 다시 미국의 지배를 받게 된 현실을 적나라하게 보여주는 작품이에요. 간난이는 4·3 사건 때 불온분자라는 이유로 어린 아들을 남겨둔 채 토벌대에게 끌려가 죽음을 맞게 됩니다.

4·3 사건의 역사적 비극을 그린 작품은 〈쇠와 살〉이라는 작품으로 이어지는데, 이 소설은 모두 26개의 에피소드를 통해 4·3 사건의 숨겨진 이야기를 보여주고 있어요. 이 작품의 서두에 "이 글에 나오는 일화들은 모두 사실에 근거한다."라고 밝힘으로써 4·3 사건을 역사적으로 재현하여 보여주고자 하는 작가의 의지를 엿볼 수 있습니다.

2. 현재도 진행 중인 4·3 사건의 비극

앞의 작품들이 4·3 사건을 역사적으로 재현하고 증언하는 데 초점을 맞추었다면 〈순이 삼촌〉과 〈해룡 이야기〉 같은 작품은 4·3 사건 당시의 고통이 현재에까지 계속되고 있음을 보여주고 있어요.

〈순이 삼촌〉은 집단 학살의 현장에서 구사일생으로 살아남은 순이 삼촌의 삶을 다루고 있어요. 순이 삼촌은 그날의 상처와 기억을 치유하지 못하고 살아가다 신경쇠약과 환청, 신경증 등에 시달리다 결국에는 자살로 생을 마감하지요. 이를 통해 4·3 사건이 끝난 것이 아니라 현재까지도 진행되고 있음을 보여주고 있습니다.

〈해룡 이야기〉는 상경해서 자리를 잡고 중산층 생활을 하고 있는 중년 남성이 주인공이에요. 그는 이북 출신 토벌대와 몇 달간의 동거 생활을 했던 어머니 때문에 자격지심을 가지고 있으며, 이러한 어머

니에 대한 반감이 끊임없이 그를 괴롭히지요. 하지만 어머니도 결국
은 피해자라는 이해를 통해 4·3 사건으로 인한 피해의식을 극복합
니다. 이 작품은 어린 시절에 4·3 사건을 겪었던 상처를 가지고 있는
중년 남성을 통해, 그 비극적 체험이 당대를 살아가는 사람들에게 어
떤 고통을 주고 있는지를 잘 보여주고 있습니다.

3. 극복과 화해의 길

〈길〉과 〈아스팔트〉는 4·3 사건에 대한 재현과 증언의 과정을 거치면
서 4·3 사건의 비극이 어느 정도 치유되어 용서와 화해로 나아가는
과정을 보여주는 작품이에요. 두 작품은 4·3 사건 때 피해를 입었던
주인공이 지닌 가해자에 대한 적대감이 가해자의 자연사를 통해 해
소되는 모습을 보여주면서 상처를 치유하고 있다는 공통점을 지니고
있어요.

　〈길〉은 4·3 사건 때 아버지를 잃은 주인공 '나'가 아버지를 죽인
토벌대원이 제자의 아버지였음을 알고 겪게 되는 정신적 갈등과 극
복 과정을 그린 소설이에요. 주인공은 휘진의 아버지도 도피자의 입
장과 다르지 않았음을 깨닫고 자신을 괴롭혀 왔던 억압으로부터 벗
어나고자 하지만 그 과정이 쉽지는 않아요.

　〈아스팔트〉는 4·3 사건 당시 가해자의 편에 섰던 강영조의 유언을
듣기 위해 주인공이 눈발을 헤치고 밤길을 가는 과정을 담고 있어요.
강영조 역시 살아남기 위해서 토벌대에 협조한 것임을 알게 되면서

주인공이 그를 이해하게 되지만, 국가 권력을 상징하는 '임씨'는 아직도 아스팔트처럼 견고한 벽으로 존재함을 보여주고 있어요.

결국 〈길〉과 〈아스팔트〉가 보여주는 극복과 화해의 과정은 가해자이면서 동시에 피해자인 제주 민중에 대한 이해를 통해 이루어짐을 알려주고 있어요. 더불어 이 두 소설은 극복과 화해의 과정이 어렵고 힘들지만 모두의 답답하고 억울한 마음을 풀어줘야 한다는, 그리고 치유될 수 있다는 메시지도 함께 담고 있습니다.

4. 살아남은 자를 치유하고자 하는 소망

〈목마른 신들〉과 〈마지막 테우리〉는 4·3 사건의 비극 속에서 살아남은 자들을 치유하고자 하는 소망을 보여주고 있어요.

하지만 이 두 작품에서 보이는 치유의 방식은 좀 달라요. 〈목마른 신들〉과 〈마지막 테우리〉 모두 4·3 사건 때 살아남은 도피자이자 피해자인 인물이 주인공으로 등장해요. 하지만 〈목마른 신들〉은 원혼과 살아남은 자들 간의 소통이라는 방식으로 그 비극의 역사를 위령하고 진혼하는 행위로 나아가요. 반면 〈마지막 테우리〉는 그 비극의 현장을 떠나지 않고 끊임없이 기억하고 지킴으로써 그 사건 이전의 상태로 돌아가려는 자연으로의 귀환을 보여주고 있어요.

〈목마른 신들〉은 4·3 사건 때 어머니를 잃고 그때의 비극적 체험과 억울한 죽음 때문에 심방(무당)이 된 '나'가 행하는 해원의 굿을 통해 자신의 내적 상처와 다른 사람의 상처를 치유해 가는 과정을 그린 작품이에요. 시대적 비극의 상처를 치유하고 진혼하려는 작가의 의지를 보여주고 있지요.

〈마지막 테우리〉는 4·3 사건 당시의 비극에 사로잡힌 한 인간(고순만)이 그 비극의 현장에서 떠나지 않고 서서히 자연스러운 죽음으로 귀환하는 모습을 통해 치유의 진정성을 담아낸 작품이에요. 소를 키우던 고순만 노인은 입산자들 편에 서서 일을 돕다가 토벌대에 붙잡히고 나서는 생존을 위해 입산자들을 배신하는 인물이에요. 즉 자신의 생존을 위해 다른 도피자들을 가해하는 행위를 저지른 것이죠. 이후에는 비극적 과거를 망각하지 않기 위해 평생을 소와 함께 초원에 살면서 그곳을 떠나지 않아요. 그리고 그 기억을 응시하며 자연으로 돌아가는 모습을 보여주고 있습니다.

이 두 작품에서 현기영은 단순한 화해나 용서보다는 오히려 제대로 기억함으로써 4·3 사건의 상처와 고통이 치유되고 극복될 수 있음을 말하고 있답니다.

의인의 길

후대의 사람들은 20세기를 대량 학살의 세기로 기억할 거예요. 1915년 터키에서 일어난 아르메니아인 대학살, 제2차 세계대전 중 유태인 대학살, 일본군에 의한 남경 대학살, 크메르 루즈에 의한 킬링필드, 그리고 보스니아와 르완다에서 있었던 대량 학살.

학자들은 20세기에 이렇게 무고하게 학살당한 민간인의 수를 대략 6000만 명 정도로 추산하고 있어요. 이전의 어느 세기와도 비교할 수 없을 정도로 많은 숫자이지요. 인간의 잔인함에 몸서리치면서도 그나마 사람들을 긍정적으로 바라볼 수 있는 것은 독일인 오스틴 쉰들러, 스웨덴인 라울 완렌버그, 일본인 치우네 스기하라 같은 의인들이 있기 때문일 겁니다.

이 소설을 읽으며 이런 궁금증이 생겼어요.

'4·3 사건 동안 제주에서는 죽음의 위협에 내몰린 사람들을 구했던 의로운 사람들이 없었을까?'

우리가 잘 몰랐지만, 그런 사람들이 있답니다.

- 모슬포 경찰서장 시절 서북청년회 단원들로부터 주민들을 보호했고, 성산포 경찰서로 옮긴 뒤 벌어진 한국전쟁 때 "예비 검속자를 즉각 총살하라"는 군대의 명령까지도 거부함으로써 수많은 목숨을 구했던 문형순 서장.

- 평화적 해결을 위해 위험을 무릅쓰고 무장대 측과 협상을 벌였고, 초토화 작전을 전개하라는 미군의 회유와 협박에 굴하지 않으며 주민 보호를 위해 애쓰다 결국 해임당한 김익렬 연대장.
- 애꿎은 희생을 막기 위해 토벌대의 유도심문에 모르쇠로 일관함으로써 '몰라 구장'이라는 별명을 얻은 남원면 신흥리의 김성홍 구장.
- 밀고의 악순환을 끊어 주민을 보호했던 장성순 경사.
- 연일 학살이 벌어지던 소개민 수용소에서 공포에 떨던 소개민들에게 인간적인 따뜻함을 보여준 강계봉 순경.
- 토벌대의 학살극으로부터 슬기롭게 주민들을 보호했던 김남원 민보단장과 조남수 목사.
- 굶주림과 공포에 휩싸여 있는 소개민들에게 집을 빌려주고 먹을 것을 나눠주었던 신례2리 주민들.

이들의 이름을 떠올리면 뭔가 소중한 느낌이 들어요. 왜일까요?

"한 생명을 구한 사람은 온 세상을 구한 것이다." 영화 〈쉰들러 리스트〉의 마지막 부분에 나오는 대사예요. 《탈무드》에서 따온 말이죠. 그러니 위에서 말한 분들은 세상을 구한 사람들이에요. 그러니까 소중한 거고요.

"나는 주민들의 치안과 감찰을 담당하는 일개 순경이었을 뿐"이라고 말했던 강계봉 순경. 그는 자기에게 맡겨진 직무에 충실했을 뿐이에요.

4·3 사건 동안 자신의 소임을 다했던 제주의 군인과 경찰, 목사와

주민들을 기억하면 경이롭다는 생각이 들어요. 반(反)인도와 비(非)인도가 판치던 시절에는 사람의 길(人道)에서 벗어나지 않은 것 자체가 존경할 만한 미덕이니까요. 그들이야말로 "너의 의지와 준칙이 네게 명하는 대로 행하라"는 서구의 지성 칸트의 정언을 실천한 사람들이라 할 수 있을 겁니다.

우리는 이제 인권과 인도와 평화를 이야기하기 위해 더 이상 쉰들러를 말할 필요가 없어요. 앞으로는 4·3 생존자들이 증언하고 있는 귀한 이름들과 그들의 행적을 기억해요. 조남수, 김남원, 문형순, 김익렬, 김성홍, 장성순, 강계봉. 왜 이들밖에 없겠어요? 생존자들의 기억 속에서만 자리 잡고 있는 분들의 이름을 모든 사람들이 알 수 있도록 세상으로 이끌어내는 일은 우리의 몫입니다.

우리가 오늘날 4·3 사건을 말하는 이유는 인간의 역사에서 일어나서는 안 될 일이 일어났다는 사실과 걷잡을 수 없는 역사의 소용돌이 속에서도 인간으로서의 존엄함을 잊지 않은 사람들이 있었음을 기억하기 위해서예요.

제2차 세계대전이 끝나고 독일 국민들을 반성하게 하고 화해하게 만든 독일의 신학자 마르틴 뇌밀러 목사의 아래 글은 우리가 역사 앞에 방관자여서는 안 되는 이유를 말해주고 있습니다.

그들은 가장 먼저 공산주의자를 잡아갔다.
그러나 나는 공산주의자가 아니었기 때문에 아무 말도 하지 않았다.
그다음으로 그들은 유태인을 잡아갔다.
그러나 나는 유태인이 아니었기 때문에 아무 말도 하지 않았다.

그다음으로 그들은 노동조합원을 잡아갔다.

그러나 나는 노동조합원이 아니었기 때문에 아무 말도 하지 않았다.

그다음으로 그들은 가톨릭교도를 잡아갔다.

그러나 나는 개신교도였기 때문에 아무 말도 하지 않았다.

마지막으로 그들은 나를 잡아갔다.

그때는 나를 위해 말해줄 사람이 아무도 남아 있지 않았다.

문학 기행 감상문

신엄중학교 신다인

내가 제주도로 이사 와서 지낸 지 거의 6년이 다 되어간다. 그런데 나는 지금까지 4·3 사건에 대해 자세히 알지 못했다. 나의 무관심도 있겠지만 어쩌면 나는 제주 도민이 아니니까 굳이 자세히 알 필요가 없다고 생각해서 이래저래 관심이 없었던 것 같다. 하지만 〈순이 삼촌〉을 읽으면서, 그리고 독서 동아리에서 지난 토요일 4·3 사건과 관련된 곳들을 둘러보면서 4·3 사건이 내 일같이 내 마음에 와닿았다.

나는 4·3 사건으로 그렇게 많은 사람들이 죽었는지 몰랐다. 그런데 이번 문학 기행으로 4·3 사건에 대해 알게 되면서 많은 제주 도민이 얼마나 잔인하게 죽임을 당했는지, 진압군들이 얼마나 무자비했는지 알게 되었다. 그리고 내 머릿속에 남은 게 하나 있는데, 그건 바로 4·3 사건 당시 희생된 사람들의 명단이었다. 성별부터 나이, 어떻게 죽었는지 추모 비석에 다 기록되어 있었는데 그야말로 충격이었다. 왜냐하면 그 명단 중에는 세 살짜리 아기도 서너 명 있었기 때문이다. 그 어린아이가 무슨 죄가 있다고 죽임을 당했을까? 그것을 보면서 다시는 4·3 사건과 같은 끔찍한 일이 벌어지게 해서는 안 된다는 다짐을 더욱 단단하게 하는 계기가 되었다.

〈순이 삼촌〉을 읽고 마음 한구석이 아려왔다. 아무 죄도 없던 사람들에게 그런 끔찍한 일이, 나와 먼 세계가 아닌 내가 살고 있는 제주에서 벌어졌다는 게 참 믿기지 않았다. 4·3 평화공원을 둘러보며 그들의 절규가 보였고, 너븐숭이 기념관을 둘러보며 나마저도 억울해졌다.

문학 기행에서 돌아오고 나서 학교에서 본 영화 〈지슬〉도 마찬가지였다. 4·3 사건 당시 그들의 고통을 그대로 보여주고 있었다. 이유도 없이 굴에 들어가 하루하루 힘들게 버티고 그렇게 살기 위해 노력했음에도 죽임을 당해야만 했던 그들이 있었다.

그들을 죽여야 했던 또 다른 그들 또한 마찬가지였다. 이유도 없이 사람을 죽여야 했던 그들은 죄책감에 시달리고 고통을 겪곤 했다. 얼마나 괴로웠을까?

아직도 그런 슬픔을 가지고 있는 분들이 있을 것이다. 아마, 평생 그들은 고통 속에 몸부림칠 것이다. 그러므로 다시는 이런 비극이 일어나지 않아야 한다. 영원토록 말이다. 또 우리는 그들의 아픔을 영원히 기억해야 할 것이다.

나는 4·3 사건에 대해서 들은 적이 있었다. 하지만 제주 도민인데도 불구하고 4·3 사건에 관해서 아는 것은 거의 없었다. 그런데 〈순이 삼촌〉을 읽고 학교 독서 동아리의 4·3 문학 기행을 계기로 4·3 사건에 대해 자세히 알게 되었다. 나는 정말 제주도에서 이렇게 끔찍하고 잔인한 일이 일어났다는 게 믿기지 않는다.

하지만 4·3 사건 관련 기념관을 돌아다니다 보니 그제야 '아, 정말 상상하기 힘든 끔찍한 일들이 일어나긴 했구나!'라고 느꼈다. 그리고 4·3 해설사 선생님의 설명도 들어보니 더더욱 그 아픔이 현실로 느껴졌다.

나에게 가장 인상 깊었던 곳은 〈순이 삼촌〉의 배경이 되었던 북촌리에 있는 '너븐숭이 기념관'이다. 그곳에는 메모지에 글을 쓰고 남길 수 있는 조그만 공간이 있었는데, 메모지에 글을 쓰며 희생자들을 생각하니 마음이 조금 울컥했다. 그리고 바깥에는 북촌리 학살 사건에서 죽은 희생자들의 이름을 새긴 추모비가 있었는데, 그 비석에 박힌 희생된 마을 사람들의 명단을 보자니 슬픔이 물 밀려오듯 울컥했다. '이렇게 많은 사람이 억울하게 죽었구나! 나는 그 시대에 태어나지 않아서 이렇게 멀쩡하게 살아 있으니 정말 부모님께 고마워해야겠구나!'라는 마음이 가슴속 깊이 뼈저리게 느껴졌다. 다시 한번 그곳을 가게 되면 정말 4·3 사건에 대해 더욱 깊이 알게 될 것 같다. 정말 뜻 깊은 시간이 되었다.

초등학교 때 현장 학습으로 '4·3 평화기념관'을 갔었다. 4·3 사건이 어떤 사건인지 몰랐지만 어둡고 음산한 기념관이 너무 무서웠고, 그냥 몇십 년 전에 죄 없는 제주 사람들이 많이 죽었다는 사실이 어린 나에게 충격이었다. 그 기억 때문인지 4·3 사건에 대해 가능한 피하고 싶다는 느낌이 강했다.

고등학생이 되어 독서 동아리 활동으로 〈순이 삼촌〉을 읽고 또다시 머리를 크게 얻어맞은 것 같은 충격을 받았다. 내가 지금까지 외면해 왔다는 사실에 큰 죄책감이 들었다. 그래서 이번 문학 기행에 참가해서 4·3 사건에 대해 제대로 알아야겠다고 마음먹었다.

주말 아침, 학교에 모인 우리가 버스로 30분을 달려 도착한 곳은 '너븐숭이 기념관'이었다. 먼저 우리는 인솔한 선생님의 설명을 듣기 위해 기념관 건물 반대편에 있는 돌무더기 위에 모여 있었는데, 선생님께서 우리가 밟고 있는 이 돌들이 아기 무덤들이라고 하셨다. 무덤에는 여덟 살, 그리고 그보다 더 어린 나이에 죽은 아기들이 묻혀 있다고 들었다. 초등학교 2학년인 내 동생보다도 훨씬 어린 나이인데, 꽃도 한번 피워보지 못하고 안타깝게 잠들었다고 생각하니 괜히 숙연해졌다. 이름도 나이도 없이 초라하게 돌무더기로 쌓여진 무덤이 초라해 보여 설명을 듣고 돌아올 때 길가에 핀 꽃을 꺾어 풀이 무성하던 무덤 위에 꽂아주었다.

선생님은 한 시간 넘게 4·3 사건에 대한 설명을 해주셨다. 긴 시간이었지만 너무 안타깝고 아픈 역사라 다른 생각을 할 틈이 없었다. 처음으로 삼일절 발포 사건의 전말과 전개도 알게 되었고, 그 과정에서 죄 없이 죽어간 사람들의 이야기를 들으니 기분이 이상했다. 도대체 무슨 이유로 무고하게 수많은 목숨이 그렇게 죽어가야 했는지 이해를 할 수 없었다. 공권력에 의해 수만 도민들의 인권이 처참히 짓밟히고 참혹하게 학살당했다는 것이 마음 아팠다. 우리나라 역사에 관심도 있고 잘 안다고 자부했는데, 정작 내가 사는 제주도의 역사는 제대로 몰랐다는 사실이 부끄러웠다. 4·3 사건에 대해 제대로 알아서 훗날 내가 역사 선생님이 되었을 때 아이들에게 꼭 알려주고 싶다는 마음이 들었다.

애기 무덤 뒤쪽으로 '순이 삼촌 문학비'가 있었다. 똑바로 서 있지 못하고 여기저기 겹쳐 누워 있는 돌들을 보며 그날의 아픈 기억들이 떠올랐다. 그리고 도로를 따라 북촌초등학교로 향하는 길가에서 소설 속 옴팡밭을 볼 수 있었다. 길 가다 볼 수 있는 흔한 밭이었지만 참혹한 학살 현장이었다고 생각하니 느낌이 이상했다. 그리고 대학살이 일어났던 북촌초등학교에 들어섰을 때, 학교는 정말 평화롭고 예뻤다. 소설의 장면을 떠올리며 학교를 다시 보니 음울한 분위기가 살을 파고들었다. 〈순이 삼촌〉을 읽지 않았다면 이곳이 어떤 의미를 가진 곳인지 절대 몰랐을 것이다. 몇 개월 전 가족과 함께 근처 서우봉 해안 산책로를 걷다가 내려다본 북촌리 마을이 너무 예뻐서 그저 감탄만 했었는데, 이렇게 아픈 상처를 간직한 곳일 줄은 꿈에도 몰랐다. 두고두고 기억하고 알아야 할 역사가 이렇게 잊힐 수도 있다는 게 안타까웠다.

너븐숭이 기념관 내부로 들어가서 가장 먼저 내 눈에 띈 것은 가운데 촛불을 두고 희생자의 명단이 길게 늘어선 묵상의 방이었다. 희생자 명단 중에는 다섯 살도 안 된 아이들도 많았다. 금방이라도 꺼질 듯 비틀거리는 촛불에 금세 숙연해졌다. 언제 죽을지 몰라 불안에 떨며 자신의 가족을 살리기 위해 가까운 이들을 밀고해야만 했던 참혹한 현실을 겪었던 안타까운 제주 도민들의 모습이 아른거리는 것 같아 슬퍼졌다.

그리고 〈순이 삼촌〉을 쓴 현기영 작가의 전시장도 있었다. 현기영 작가는 4·3 사건을 역사의 수면 위로 끄집어내는 데 큰 역할을 한 사람이다. 그때 당한 고문으로 한쪽 귀가 안 들린다고 하는데, 현기영 작가가 없었다면 아직까지 4·3 사건이 알려지지 않고 역사 속에 묻힐 수도 있었다고 생각하니 그의 양심과 용기가 정말 존경스럽고 또 대단하게 느껴졌다. 〈순이 삼촌〉을 처음 읽을 때 4·3 사건의 참혹함과 잔인함이 그대로 느껴져 전율이 일었다. 좀 더 많은 사람이 이 소설을 읽고 4·3 사건에 대해 알고 생각하고, 많은 것을 절실히 느꼈으면 하고 소망한다.

다음으로 간 곳은 '낙선동 성터'였다. 적어도 몇십 년은 굳게 자리를 지키고 있는 듯한 커다란 팽나무가 가운데 우뚝 솟아 있었다. 그곳에서 우리는 4·3 사건의 산증인이신 고학봉 할아버지를 뵈었다. 그 큰 팽나무를 직접 심으신 분이셨다. 당시 나이를 속여 겨우 죽음을 면했고 직접 돌을 지고 날라 성을 쌓았다는 이야기를 들었다.

너븐숭이 기념관괴 소설 속의 4·3 사건과 할아버지의 음성을 통해 듣는 4·3 사건의 느낌은 달랐다.

하늘을 뒤덮을 만큼 자란 팽나무는 이미 지난 오래전의 일이라고 말하고 있는 것 같았다. 하지만 그 현장의 한가운데 있었던 할아버지를 만나고, 직접 그때의 이야기들을 들으니 별로 멀지 않은 일이라고 느껴졌다. 할아버지께서 살기 위해 동굴에 숨어 살았던 이야기를 덤덤하게 말씀하셨지만 음성의 떨림에서 그때의 상처를 느낄 수 있었다. 그냥 길을 가다 만날 수도 있는 분인데 그런 역사 속에 사셨구나! 하고 생각을 하니 한 분 한 분의 어르신들 삶이 예사롭지 않았다.

마지막 장소는 '4·3 평화기념관'이었다. 가는 길에 간단한 설명을 듣고 나서 피곤함을 달래려고 잠시 눈을 감고 있는데 운전기사 아저씨가 선생님이 설명한 '백조일손 묘지'에 대해 말을 꺼내셨다. 아저씨도 어릴 때부터 4·3 사건에 대해 많이 들으며 성장하셨다고 한다. 운전기사 아저씨는 중학교 3년 동안 학교 통학 버스를 운전해 주신 분이라서 등하굣길에 자주 뵙곤 했는데, 이렇게 주변 곳곳 많은 사람의 기억 속에 4·3 사건의 상처가 아물지 않은 채 남아 있음을 절실히 느낄 수 있었다.

아쉽게도 문학 기행 시간이 짧아서 선생님께서 꼭 보라고 짚어주신 부분들을 중심으로 살펴봤다. 특히 기념관 2층의 끝자락에 있던 '의로운 사람들'이 가장 깊은 인상을 주었다. 예비 검속을 거부한 문형순 경찰서장, 몰라 구장 김성홍 등 수백 명을 죽음에서 구해낸 의

148

인들이었다. 독일에 쉰들러가 있었다면 제주도에는 이런 의인들이 있었던 것이다. 혼란하고 참혹한 상황 속에서도 사람답기 위해 노력한 의인이 있다는 게 정말 다행이었다. 그리고 그 옆에는 빈 액자들이 걸려 있었는데, 앞으로 우리 사회의 의인이 많이 생겨나서 그 액자들을 꽉꽉 채울 수 있기를 기원하는 것이라 했다.

기억하지 않는 역사는 되풀이된다. 역사를 배우는 이유는 잘못된 일을 다시 반복하지 않도록 하기 위해서라는 말이 있는데, 이번 문학 기행을 계기로 그 말이 무슨 뜻인지 가슴 깊이 새기게 되었다. 다행히 최근 들어 진상 조사가 이루어지고 진실이 규명되고 있지만 여전히 부족한 부분도 많고 더구나 제주에 살면서도 4·3 사건에 대해 잘 알지 못하는 사람들 특히 학생들이 많다. 내가 성장해서 꼭 역사 선생님이 되어서 제주의 학생들뿐만 아니라 가능한 많은 사람들에게 4·3 사건에 대해 알리고 싶다. 아픈 기억이지만 떠올리는 것은 그것을 통해 많은 것을 배우고 같은 역사가 되풀이되지 않도록 모두가 함께 노력해야 한다고 생각하기 때문이다. 우리의 잘못된 역사를 돌아보고 인간의 존엄성과 평화와 인권에 대해 고민할 때, 우리 사회는 한 단계 더 성장하고 화해와 상생의 평화로운 사회로 나아갈 수 있지 않을까? 제주뿐 아니라 우리나라에 평화의 바람만이 부는 그 날이 오기를 진심으로 소망한다.

참고 문헌

도서

《제주 4·3 사건 진상 조사 보고서》, 2003.

김득중, 《빨갱이의 탄생》, 선인, 2009.

역사문제연구소, 《제주 4·3 연구》, 역사비평사, 1998.

연구 논문

강성현, 〈제주 4·3 학살 사건의 사회학적 연구〉, 서울대 석사학위논문, 2002.

김미정, 〈제주도 방언의 친족어휘 고찰〉, 충북대 석사학위논문, 2010.

김신영, 〈현기영 소설 연구〉, 상명대 박사학위논문, 2008.

김은희, 〈제주 4·3 전략촌의 형성과 성격〉, 제주대 석사학위논문, 2005.

문순보, 〈제주 민주항쟁의 원인과 성격 – 미군정의 대제주도정책을 중심으로〉, 성
　　　균관대 석사학위논문, 2000.

박미선, 〈《순이 삼촌》의 1인칭 화자의 역할과 그 서술적 효과〉, 《영주어문》 제5집,
영주어문학회, 2003.

박찬식, 〈4·3의 공적 인식 및 서술의 변천〉, 《한국근현대사연구》 41, 한울엠플러스,
　　　2007.

양정심, 〈제주 4·3 항쟁 연구〉, 성균관대 박사학위논문, 2006.

이기세, 〈현기영 소설 연구 – 사회의식 표출양상을 중심으로〉, 경희대 석사학위논
　　　문, 2001.

이정숙, 〈제주 4·3 항쟁과 여성의 삶에 관한 연구〉, 성균관대 석사학위논문, 2004.

이창훈, 〈현기영 소설 연구 – 4·3 소재 중·단편 소설을 중심으로〉, 경희대 석사학위
　　　논문, 2003.

정종식, 〈서북 청년단의 결성과 활동〉, 건국대 석사학위논문, 2007.

함옥금, 〈제주 4·3의 초토화 작전과 대량 학살에 관한 연구〉, 제주대 석사학위논
　　　문, 2004.

허영선, 〈제주 4·3 시기 아동 학살 연구〉, 제주대 석사학위논문, 2006.

현진호, 〈제주도 중등학교 사회과 교사들의 제주 4·3 교육 인식〉, 제주대 석사학위
　　　논문, 2007.

선생님과 함께 읽는 순이 삼촌

1판 1쇄 발행일 2025년 1월 20일

지은이 전국국어교사모임

발행인 김학원
발행처 (주)휴머니스트출판그룹
출판등록 제313-2007-000007호(2007년 1월 5일)
주소 (03991) 서울시 마포구 동교로23길 76(연남동)
전화 02-335-4422 **팩스** 02-334-3427
저자·독자 서비스 humanist@humanistbooks.com
홈페이지 www.humanistbooks.com
유튜브 youtube.com/user/humanistma **포스트** post.naver.com/hmcv
페이스북 facebook.com/hmcv2001 **인스타그램** @humanist_insta

편집책임 문성환 **편집** 윤무재 **디자인** 장혜미 김미경 **일러스트** 민은정
스캔·출력 이희수com. **용지** 화인페이퍼 **인쇄** 청아디앤피 **제본** 민성사

ⓒ 전국국어교사모임, 2025

ISBN 979-11-7087-286-3 44810